Margit Auer

Die Schule der magischen Tiere – Endlich Ferien

Benni und Henrietta

Mit Bildern von

Nina Dulleck

Die Schule der magischen Tiere – Endlich Ferien

Band 1 Rabbat und Ida
Band 2 Silas und Rick
Band 3 Henry und Leander
Band 4 Helene und Karajan
Band 5 Benni und Henrietta
Band 6 Hatice und Mette-Maja
Band 7 Max und Muriela
Band 8 Franka und Cooper

Die Schule der magischen Tiere

Band 1 Die Schule der magischen Tiere
Band 2 Voller Löcher!
Band 3 Licht aus!
Band 4 Abgefahren!
Band 5 Top oder Flop!
Band 6 Nass und nasser!
Band 7 Wo ist Mr. M?
Band 8 Voll verknallt!
Band 9 Versteinert!
Band 10 Hin und weg!
Band 11 Wilder, wilder Wald!
Band 12 Voll das Chaos!
Band 13 Bravo, bravissimo!
Band 14 Ach du Schreck!
Eingeschneit! Ein Winterabenteuer

Weitere Abenteuer sind in Vorbereitung.

Margit Auer

DIE SCHULE DER MAGISCHEN TIERE
ENDLICH FERIEN

Benni und Henrietta

Mit Bildern von Nina Dulleck

CARLSEN

Juhu! In der Schule der magischen Tiere heißt es:
Endlich Ferien!
Die magischen Tiere packen ihre Koffer – und das Abenteuer beginnt ...

Was? Du kennst die Schule der magischen Tiere nicht? So sieht sie aus:

Die Wintersteinschule

Eine fast ganz normale Schule. Gäbe es da nicht das Geheimnis von Miss Cornfield und Mister Mortimer Morrison ...

Miss Cornfield

Lehrerin an der Wintersteinschule. Sie ist lustig, aber auch streng. Und sie liebt Rätsel!

Mister Mortimer Morrison

Inhaber der magischen Zoohandlung. Dort gibt es magische sprechende Tiere. Er selbst hat auch eins: die freche Elster **Pinkie.**

Mr. Morrisons Omnibus

Damit fährt er um die ganze Welt und sammelt magische Tiere ein. Sprechende Tiere! Und wer ganz viel Glück hat, bekommt von Mr. Morrison einen solchen Gefährten überreicht ...

Viele, viele Kinder aus Miss Cornfields Klasse haben bereits ein magisches, sprechendes Tier von Mr. Morrison bekommen. Einen Freund fürs Leben! Der sie versteht wie kein anderer. Der mit ihnen durch dick und dünn geht. Und – das ist ja wohl klar – der mit ihnen in den Urlaub fährt, wenn es heißt: Endlich Ferien!

Die Schule der magischen Tiere

Endlich Ferien

BENNi + HENRiETTA

 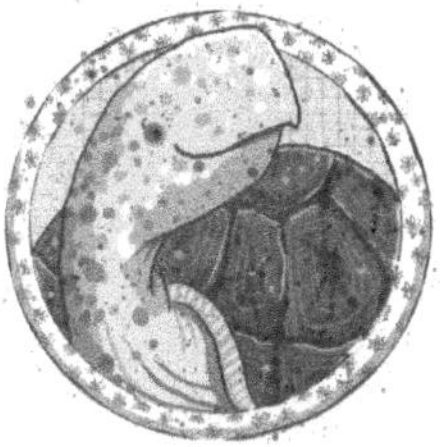

Benni ist Schüler an der Wintersteinschule.
Er war das erste Kind in Miss Cornfields Klasse,
das ein magisches Tier bekommen hat:
Henrietta, die schlaue Schildkröte aus der Karibik.*
Schnell sind die beiden die allerbesten Freunde geworden.
Obwohl Benni sich erst einen Panther gewünscht hat –
weil der so groß und stark ist.
Heute würde er Henrietta für kein Geld der Welt wieder hergeben.
Die kleine Schildkröte hilft ihm, wo sie nur kann.
Natürlich auch in den Ferien!

Jacke zu, Helm auf? Dann kann es ja losgehen!

*Nachzulesen in: *Die Schule der magischen Tiere*, Band 1

Inhaltsverzeichnis

Der letzte Schultag

Benni hatte es satt, allein aufzustehen. Nie war jemand da, der ihm ein Brot schmierte. Nie war jemand da, der kontrollierte, ob er sich tatsächlich drei Minuten lang die Zähne putzte. Nie war jemand da, der ihm hinterherwinkte, wenn er sich auf sein Fahrrad setzte und zur Wintersteinschule radelte.
Oder irrte er sich?
„Das kann ich doch machen!“, wisperte eine Stimme aus dem grauen Schuhkarton.
Der Schuhkarton stand vor Bennis Piratenbett. Hatte er laut gesprochen? Oder konnte sein magisches Tier mal wieder Gedanken lesen? Egal! Benni war heilfroh, dass er Henrietta, die Schildkröte, hatte. Mit ihr war er nie allein.
„Also, das mit dem Winken schaffe ich nicht, weil ich

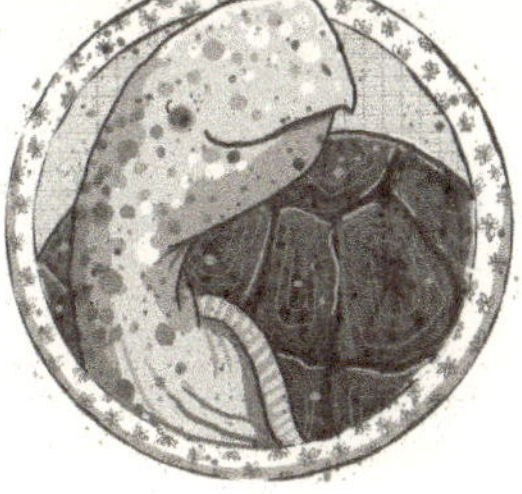

doch im Fahrradkorb mitfahre!“, plauderte Henrietta munter drauflos. „Aber ich stoppe die Zeit beim Zähneputzen. Los!“

Benni entwischte ein Lächeln. Er schwang sich aus dem Bett und zockelte ins Bad. Langsam genug, damit Henrietta ihm folgen konnte.

„Zahnpasta drauf und schrubbeln! Oben und unten! Jetzt die Zwischenräume, fester!“ Hatte Henrietta eine Ausbildung als Zahnarzthelferin gemacht? Benni grinste, während in seinem Mund Schaumblasen blubberten.

„Ja, ja, damals in Transsilvanien, da habe ich den Vampiren beigebracht, wie man die Zähne putzt“, kicherte Henrietta vor sich hin. „Ist lange her … Sei froh, dass du keine scharfen Eckzähne hast! Sonst müsstest du mit der Feile ran.“

Benni war sich sicher, dass Henrietta flunkerte. Aber

wieder einmal hatte sie es geschafft, seine trüben Gedanken zu vertreiben!
Seit Beginn des Schuljahres war die magische Schildkröte seine liebste Begleiterin. Sie hatten eine neue Lehrerin bekommen, Miss Mary Cornfield, und sie hatte ihnen einen Mann vorgestellt: Mr. Mortimer Morrison, den Inhaber der magischen Zoohandlung. Es dauerte eine Weile, bis der Klasse klar wurde, dass Mr. Morrison der ältere Bruder der Lehrerin war. Aufgewachsen waren beide in Schottland.
Mr. Morrison versorgte die Klasse mit magischen Tieren. Mit Tieren, die zuhören und sprechen konnten und ihrem Kind niemals von der Seite wichen. Benni war das erste Kind gewesen, das ein magisches Tier bekommen hatte: Henrietta, die Schildkröte aus der Karibik. Seitdem war er der glücklichste Mensch auf dem Planeten.

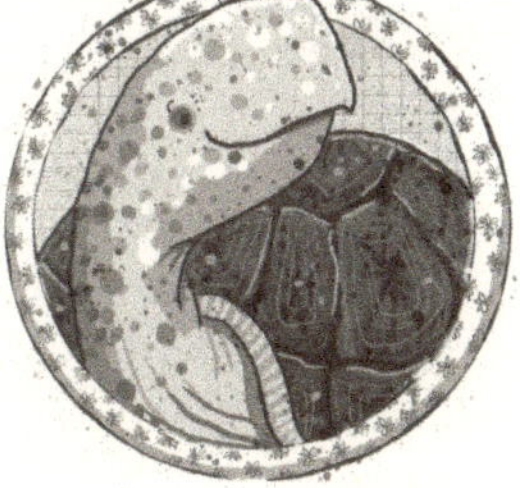

Benni zog sich an und trottete ins Esszimmer. Irgendjemand, wahrscheinlich sein Vater, hatte Orangensaft auf den Tisch gestellt, Brot und Marmelade. Wie nett!

Nach dem Frühstück radelten Benni und Henrietta die Lerchenfeldstraße entlang („Leichenfeldstraße", las Henrietta), passierten den Johannisplatz (für die kleine Schildkröte war es der „Johnnieplatz") und bogen in die Lindenallee ein.

„Linsenallee", trällerte Henrietta und Benni summte vergnügt mit. Henrietta nahm es mit den Buchstaben nicht sehr genau, da konnte Benni mit ihr üben, so viel er wollte.

Heute war der letzte Schultag vor den Ferien. Obwohl Benni keine Ahnung hatte, was er an den sieben freien Tagen machen sollte, freute er sich. Immerhin konnte er jeden Tag ausschlafen.

Die Wintersteinschule kam in Sicht. Es war ein großer Backsteinbau mit zwei Türmchen rechts und links.
„Gib Gummi, du Schlaftablette!“ Silas überholte Benni mit Karacho, unter dem Arm klemmte Rick, sein magisches Krokodil.
Anthony joggte vorbei. Er trug blaue Turnschuhe, Stirnband und eine Sportuhr am Handgelenk. Benni stöhnte laut auf. War er heute nur von Sportkanonen umgeben?
„Wie viele Liegestütze schaffst du am Tag?“ Henriettas zartes Stimmchen mischte sich in Bennis Gedanken.
„Wir könnten die freien Tage nutzen und zusammen Sport machen. Hoch den Popo!“
Benni musste grinsen.

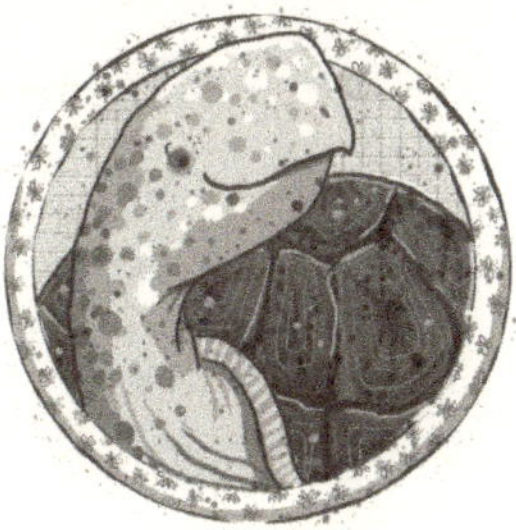

Er sperrte sein Fahrrad ab und setzte Henrietta vorsichtig auf den Boden. Aus dem Augenwinkel sah er, dass Rick, Silas' Krokodil, würgte. Wahrscheinlich war ihm bei Silas' mörderischem Tempo schlecht geworden. Außerdem stank Rick nach Chili. Igitt!
Henrietta entdeckte Madonna, Anthonys Meerschweinchen. Anthony hüpfte über die Rosenbüsche im Schulgarten, Madonna hechelte hinterher. Als sie die Schildkröte sah, blieb sie stehen.
„Guten Morgen, liebe Henrietta!", japste das Meerschweinchenmädchen, ganz außer Atem. „Gut geschlafen? Anthony ist so aufgeregt, es ist kaum auszuhalten."
Sie reckte ihr Näschen in Anthonys Richtung. Der machte gerade zwölf Strecksprünge auf der Wiese. Danach joggte er durch die Schultür, ohne sich noch einmal umzusehen.

Madonna seufzte. „Zehnmal ist Anthony heute Nacht aufgestanden, weil er aufs Klo musste. Dabei geht es doch nur um Fußball! Um ein Spiel, bei dem Kinder einem Ball hinterherlaufen!“ Das Meerschweinchenmädchen blickte ratlos zur Tür, die vor seiner Nase ins Schloss gefallen war.
„Sollen wir dich mit hochnehmen?“ Henrietta wusste, dass Madonna nicht allein ins Klassenzimmer kommen würde. Hätte die magische Schildkröte nicht Benni, würde es ihr genauso gehen.
Das Meerschweinchenmädchen klimperte mit seinen dunklen Wimpern. „Das wäre supernett!“
Benni steckte die Tiere links und rechts in seine Hosentaschen. Stolz wie ein Pokalsieger trabte er die Treppe hinauf zum Klassenzimmer.
„Moin, Benni!“ Schoki winkte ihnen fröhlich entgegen. Peperoni, das Pinselohrschwein, grunzte. Die beiden

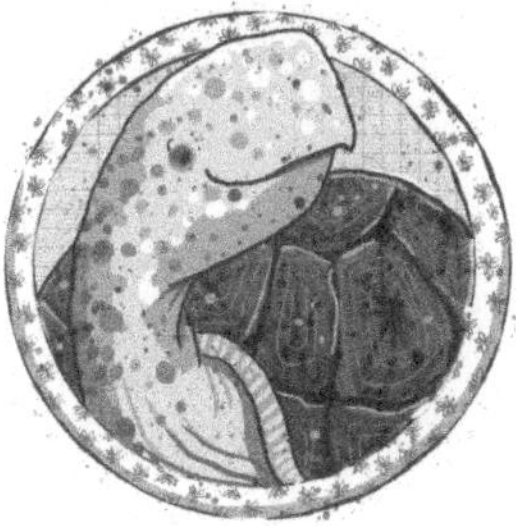

gönnten sich einen Schokokaba. Zwei Trinkhalme ragten aus dem Päckchen heraus – einer war für Schoki, einer für Peperoni.
„Hallo, Schoki!“, grüßte Benni zurück.
Er stellte seine Schultasche ab, setzte Henrietta in ihren grauen Schuhkarton und Madonna auf den Boden. Sie trippelte zu Anthony, der sich aufgeregt mit Jo unterhielt. Holte er sich Tipps fürs Fußballcamp? Alle in der Klasse wussten, dass Anthony an den Gardasee fahren würde, um mit Profis zu trainieren.
Ida und Rabbat kamen herein. „Hallo, Benni!“, grüßte ihn seine Sitznachbarin. „Rabbat und ich fahren in den Ferien ans Meer! Was machst du?“
„Chillen“, antwortete Benni lässig und begann, Henrietta mit Gurkenscheiben zu füttern. Wie gut, dass er immer einen Vorrat dabeihatte!
Rabbat, der Fuchs, rollte sich am Boden zusammen.

Und dann betrat auch schon Miss Cornfield das Klassenzimmer. „Ruhe, bitte!“ Das Gequassel verstummte. Die Lehrerin klatschte in die Hände. „Bald habt ihr es geschafft. Nur noch eine Doppelstunde Mathe, eine Doppelstunde Deutsch, dann zusammenkehren – und ab in die Ferien!“ Ihre Augen blitzten. „Seite 122, bitte!“

Benni reichte unauffällig die nächste Gurkenscheibe nach unten.

„Danke, Benni!“, wisperte Henrietta.

Überall im Klassenzimmer wurde geschmatzt und getuschelt, denn der Raum war voll mit magischen Tieren. Die Lehrerin verstand die Tiere nicht, nur ihre Besitzer konnten mit ihnen reden.

Tingo, Yanniks Schimpanse, schälte eine Banane. Sydney, Finjas Koalamädchen, saß auf dem Fensterbrett und knabberte an einer Grünpflanze.

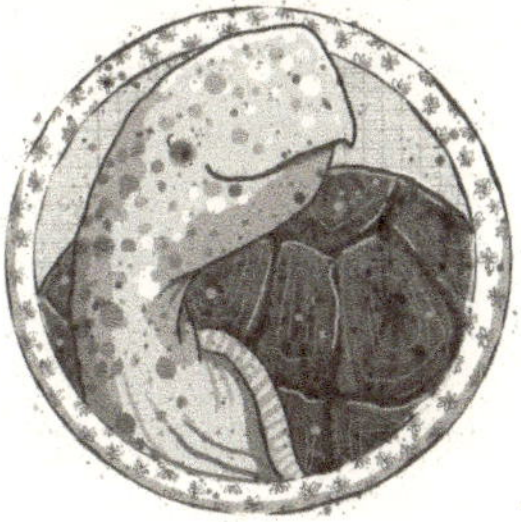

Leopard Leander schnarchte auf dem Sofa, Ratte Cooper schaukelte in Frankas Zöpfen.
Madonna huschte verloren durch die Reihen. Anthony schnipste lieber einen Ball aus Papier übers Pult, anstatt sich um sein magisches Tier zu kümmern.
Das Meerschweinchen stupste mit seinem Näschen gegen Henriettas Schuhkarton.
„Darf ich reinkommen?“, flüsterte es.
„Na klar!“, rief Henrietta.
Benni sah gespannt zu, was jetzt passierte.
Madonna trippelte 30 Zentimeter zurück, drehte sich um und holte tief Luft. Auf Kurzstrecke waren Meerschweinchen ziemlich schnell!
Madonna rannte los. Ihre Haarbüschel flogen durch die Luft. Wie Superman streckte sie die Pfoten nach vorn – und segelte elegant über die Kante des Kartons.
Mit einem Purzelbaum rollte sie sich ab.

Das sah einfach zu drollig aus!
„Nicht übel, gar nicht übel“, kicherte Henrietta und auch Benni applaudierte, indem er leise mit den Fingerknöcheln auf den Tisch klopfte.

Henrietta und Madonna verbummelten die beiden Mathestunden im Schuhkarton.
Erst in der zweiten Doppelstunde fiel Anthony auf, dass Madonna nicht an seiner Seite war. Benni verdrehte die Augen, half Madonna aus dem Schuhkarton und wartete vergebens auf ein „Dankeschön“ von Anthony.
Der setzte Madonna auf seine Fußspitze und begann zu wippen. Benni schüttelte tadelnd den Kopf: Madonna war doch kein Fußball!

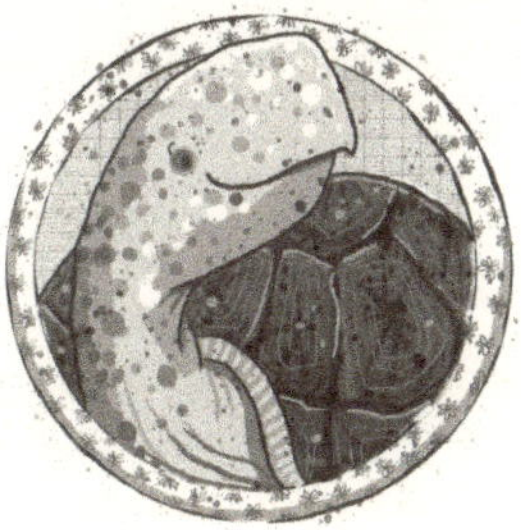

Aber das Meerschweinchen hatte anscheinend Spaß an dem Spiel. Anthony schleuderte Madonna hoch in die Luft, sie schaffte einen Salto.

Tingo trommelte begeistert mit zwei Stiften auf den Tisch. „Bravo, bravissimo!“

Wenig später diktierte Miss Cornfield ein Gedicht. Henrietta, die jetzt auf dem Tisch saß, las eifrig mit. „Am Hamburger klebten zwei Meisen.“ Sie beugte sich über Bennis Heft. „Das ist ja lustig! Dieser Piepmatz kann echt gut dichten!“

„Ringelnatz“, verbesserte Benni und strengte sich an.

Miss Cornfield verteilte noch ein paar Hausaufgaben, die ziemlich witzig waren: lange ausschlafen, jeden Tag ein Eis essen, solche Dinge. Ihrem früheren Lehrer, Herrn Finke, wäre das nicht eingefallen.

Danach zog Miss Cornfield 24 weiße Briefumschläge aus ihrer Ledertasche.

Madonna beendete ihre Zirkusshow und Tingo hörte auf zu trommeln. Auf einmal lag eine ungeheure Spannung im Klassenzimmer. „Was hat sie denn jetzt wieder ausgeheckt?“, flüsterte Benni Ida zu.

Die Luft knisterte.

Miss Cornfields Blick wanderte durch die Klasse. „Auf jeden von euch wartet eine Aufgabe“, verkündete sie und ihre Augen blitzten dabei. „Die Welt steckt voller Überraschungen. Ich möchte, dass ihr mit offenen Augen durchs Leben geht. Auch in den Ferien.“ Sie streckte die Briefe in die Höhe. „Jedes Kuvert enthält ein Rätsel. Eure Aufgabe besteht darin, das Rätsel zu lösen. Wenn ihr es geknackt habt, schreibt ihr mir eine Postkarte. Verstanden?“

„Arbeiten in den Ferien? Das ist total unfair!“, beschwerte sich Helene.

Benni blickte auf seine Hand. Da waren Sternchen!

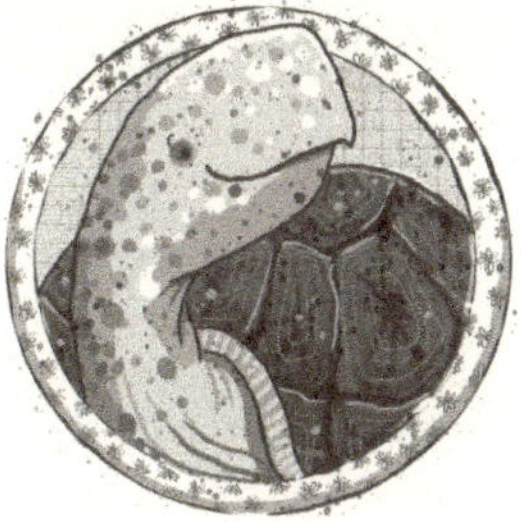

Silberne Glitzersternchen! Wo kamen die auf einmal her? Immer mehr Sternchen schwebten durch die Luft, einige landeten auf Henriettas Panzer.

„Das sieht schön aus, Benni!“, flüsterte Henrietta.

Es funkelte und glitzerte – wie bei einem Sternschnuppenregen. Sternschnuppen gab es in der Nacht, jetzt aber war helllichter Vormittag.

„Wir gehen auf die schönste Schule der Welt“, hauchte Henrietta. Benni nickte eifrig.

Plötzlich leuchteten an der Tafel hellblaue Buchstaben auf. Die Buchstaben blinkten und blinkten. Wie auf ein geheimes Kommando standen alle Kinder auf. Und schon schallte es laut und deutlich durch das Klassenzimmer:

„Ob nah und fern, ob hier und dort,
Rätsel gibt's an jedem Ort.
Wir nehmen alle Müh in Kauf
und niemand, niemand hält uns auf."

Auch die magischen Tiere machten mit. So hörte niemand im Klassenzimmer das leise Klopfen. Vorsichtig öffnete sich die Tür und hereinspazierte – Mr. Morrison!

Auf seinem Schlapphut saß wie immer Pinkie, die Elster. In der Hand trug der Inhaber der magischen Zoohandlung einen Koffer. Getuschel setzte ein.

„Sitzt in dem Koffer vielleicht ein kleiner Hase? Oder ein Waschbär?", rief Luna.

Mr. Morrison räusperte sich. „Ähm, nein …", stotterte er. „Ich bin auf der Suche nach Ashanti. Sie ist mal wieder ausgebüxt."

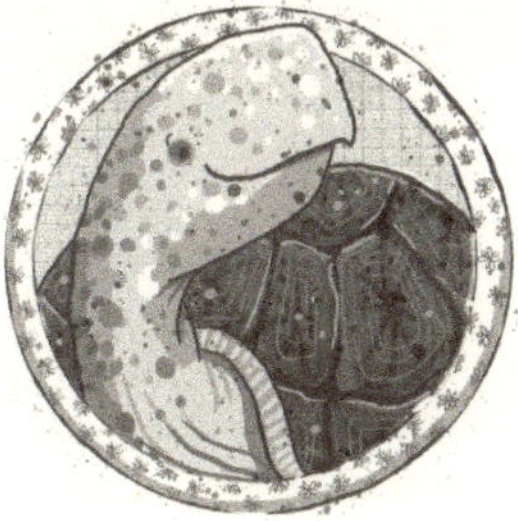

Ashanti war eine Schwarze Mamba. Die Schlange wohnte in der magischen Zoohandlung und liebte es herumzustreunen.

Madonna flitzte nach vorn. „Caramba!“, rief sie. „Ich helfe suchen! Wenn ich Ashanti erwische, setze ich mich auf sie drauf und pfeife ganz laut!“

Über Miss Cornfields Gesicht huschte ein Lächeln. Sie konnte Madonna nicht verstehen, aber sie erkannte ihren Eifer.

„Wir gucken später bei Hausmeister Willi Wondraschek vorbei“, sagte sie. „Bestimmt schläft Ashanti wieder unterm Fernsehsessel. Aber erst habe ich noch etwas zu verteilen.“

Die Lehrerin griff nach den 24 Kuverts, die sie auf ihrem Pult abgelegt hatte. Obwohl keine Namen auf den Briefumschlägen standen, wusste Miss Cornfield genau, welcher Brief für welches Kind bestimmt war.

„Hier, Ida, für dich!“

Ida drehte das Papier. Das Kuvert sah ganz normal aus. Bis auf das hübsche rote Sternensiegel, mit dem der Umschlag verschlossen war.

„Bitte schön, Benni!“ Benni kam als Nächster dran.

„Vielleicht ist es ein Zauberrätsel!“, rief Henrietta aufgeregt. „Knobeln macht Spaß! Ich helf dir, Benni!“

„Danke!“ Benni lächelte.

Die Klasse musste noch aufräumen, dann war die Schule aus.

„Kümmert euch gut um eure Tiere!“, rief Miss Cornfield der Schülerschar hinterher. Mr. Morrison nickte eifrig.

Benni raffte seine Sachen zusammen und steckte

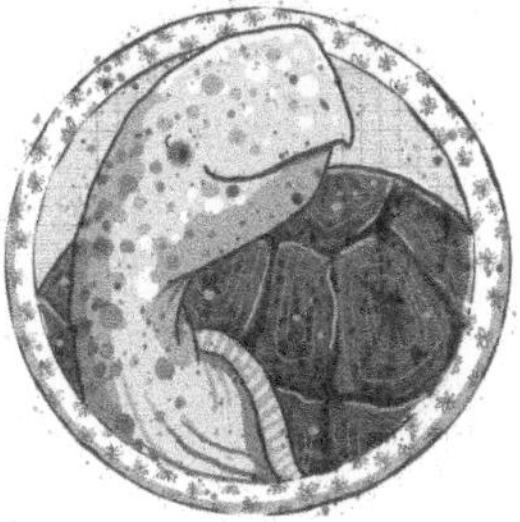

Henrietta in seine Hosentasche. Endlich Ferien! Jetzt freute er sich doch darauf!
Zusammen mit Anna-Lena trabte er die Treppe hinunter. Benni mochte Anna-Lena. Sie war freundlich und hilfsbereit und hörte auch wahnsinnig gern im Radio „Die dritte Dimension“, eine Hörspielreihe über Außerirdische. Zurzeit lief sie jeden Nachmittag.
„Ich bin so gespannt, wie es weitergeht“, rief Anna-Lena und hopste drei Stufen auf einmal hinunter.
„Hupsi-pupsi“, japste Caspar, ihr magisches Chamäleon. Fast wäre er auf den Boden gepurzelt.
„Nächsten Samstag ist die Jubiläumssendung“, fuhr Anna-Lena fort. „Sie wird live ausgestrahlt, das wird super! Alle sind dabei: Wendy, Kim, Lennox … Der Sender veranstaltet eine große Show. Mit Ufos und Laserraketen! Irgendwo in Deutschland, streng geheim!“

Benni nickte. Stimmt, das war in der letzten Sendung angekündigt worden.

Silas schoss vorbei. In seinen Armen trug er, übereinandergestapelt, mehrere Mülleimer. Obendrauf lag Rick, sein Krokodil.

„Strafarbeit von Miss Cornfield!“, schnaubte er. „Aus der Bahn, Kartoffelschmarrn!“ Benni und Anna-Lena stoben zur Seite.

Am Fahrradständer trennten sich ihre Wege.

„Schöne Ferien, Benni!“ Anna-Lena winkte zum Abschied.

„Mach’s gut, Anna-Lena!“ Benni zurrte seinen Fahrradhelm fest.

Während Rick ein Bad im Schulteich nahm und Oberzicke Helene am Schultor ungeduldig wartete, radelten Benni und Henrietta gemächlich nach Hause. Immer schön die Linsenallee entlang.

1 Verstecken spielen

Von wegen Chillen! Henrietta hielt Benni tüchtig auf Trab. Erst musste er Liegestütze üben. „Damit du mit Anthony und Jo mithalten kannst! Hoch den Popo!“ Danach sollte er drei Kapitel aus dem Buch über den „Untergang der Titanic“ vorlesen. Am meisten Spaß hatten die beiden beim Versteckenspielen. Benni und Henrietta tobten herum, bis die Sockenschublade durchkrachte. Das war Henriettas Lieblingsversteck. Und dann war da noch Bennis Mutter. Benni hatte sich gerade mit Henrietta auf die Sonnenliege auf dem

Balkon gelegt, da zwickte ihn Frau Schubert in den großen Zeh. „Hallo, mein Schatz!" Frau Schubert lachte. „Endlich Feierabend!"
Benni schlug die Augen auf. „Und ich hab Ferien! Wo ist Papa?"
Henrietta wachte ebenfalls auf.
„Ich hab auch Ferien!" Die Schildkröte rekelte sich auf Bennis Bauch.
„Versteinern!", wisperte Benni. „Schnell!"
Versteinern, das war ein Trick, den Mr. Morrison allen magischen Tieren beibrachte: Sobald fremde Augen auf ihnen ruhten, verwandelten sie sich in Kuscheltiere. Anscheinend war Henrietta zu verschlafen, um daran zu denken.
Frau Schubert betrachtete nachdenklich das Tier auf Bennis Bauch. „Dein Papa muss noch was erledigen! Überraschung! Sag mal, hat dein Kuscheltier gerade die Lippen bewegt?"
„Das kann ich mir nicht vorstellen!" Benni schüttelte den Kopf. „Soll ich dir helfen, das Abendessen zu machen?"

„Das wäre großartig!“ Frau Schubert zwickte ihren Sohn gleich noch mal, diesmal in den anderen Zeh.

Mutter und Sohn schmierten Brote und belegten sie mit leckeren Sachen: Essiggurken, Oliven, Eier.
„Wo bleibt Papa?“ Benni schnitt eine Tomate klein. Ein Stück schob er sich in den Mund, ein zweites schnippte er unauffällig hinter den Wasserkocher. Dort hockte Henrietta.
„Er macht einen Plan.“ Frau Schubert zwinkerte Benni zu. „Für morgen, wenn wir alle drei freihaben!“
„Vier!“, rief jemand hinterm Wasserkocher.
Benni lächelte. Henrietta war so süß!
„Wir werden etwas Schönes zusammen unternehmen!“, fuhr seine Mutter fort. „Ich finde es übrigens super, dass du seit diesem Schuljahr so viel Gemüse isst.“
„Wie wär's mit einem Ausflug in den Zoo?“, schlug die Stimme hinterm Wasserkocher vor. „Oder wir fahren ins Möbelhaus! Wir hüpfen auf Matratzen auf und ab. Doing, doing, doing! Und kaufen einen neuen Schrank

für Benni. Doing, doing, doing! Arme Socken-schublade!“

Benni musste sich zusammenreißen, um nicht laut loszukichern. Er drehte sich zu seiner Mutter.

„Wusstest du, Mama, wie viel Vitamine ein Radieschen hat?“

Er warf sich eins in den Mund und rollte ein zweites in Richtung Henrietta.

„Vitamin C und B1, B2 und B6“, rief Henrietta eifrig. „Wer Radieschen isst, wird über 100 Jahre alt!“

„Vitamin C, B1, B2 und B6“, wiederholte Benni stolz.

Frau Schubert staunte. „Was du alles weißt!“

Als Bennis Vater nach Hause kam, freute er sich, dass der Tisch schon gedeckt war.

Sie unterhielten sich über die Gold-Heinrich-Bank, wo Herr und Frau Schubert arbeiteten, und über den Verkehr auf dem Nachhauseweg. Benni erzählte vom letzten Schultag: „Miss Cornfield hat uns Hausaufgaben aufgegeben. Wir sollen jeden Tag ein großes Eis essen."

Seine Eltern lachten. „Dürfen wir helfen?"

Die Briefe, die Miss Cornfield an die Klasse verteilt hatte, erwähnte Benni nicht. Sie gehörten zu den Geheimnissen, die nur für seine Klasse bestimmt waren.

„Frag nach dem Plan für morgen!", drängelte die kleine Schildkröte, die schmatzend auf seinem Schoß saß. „Bist du auch für den Zoo? Oder wollen wir lieber alle zusammen shoppen gehen? Anthony hatte heute megacoole Turnschuhe an. Die würden dir auch stehen!"

Benni musste grinsen. Henrietta als Stilberaterin – diese Rolle war neu.

„Gehen wir morgen einkaufen?", fragte Benni und biss in sein Eierbrot.

Sein Vater blickte auf. „Genau das machen wir!" Er strahlte Benni an. „Morgen ist wieder Trödelmarkt auf der Volksfestwiese! Ich bin vorbeigefahren, die Verkäufer bauen schon ihre Stände auf. Herrlich wird das!"

Benni sah sich um. Die ganze Wohnung war voll mit Trödel!
„Ich werde nach einer Kommode Ausschau halten!“, fuhr Bennis Vater gut gelaunt fort. „Außerdem suche ich nach einer Standuhr aus der Biedermeierzeit.“
„Ist das die Überraschung?“, fragte Benni vorsichtig.
Sein Vater nickte glücklich. „Wir finden auch was für dich, Benni! Da gibt es unglaubliche Schätze. Bücher, Landkarten, Gemälde! Willst du auch eine Uhr für dein Zimmer?“
Benni stöhnte.
„Ich will eine Zeitturbine!“, rief Henrietta, die Bennis Enttäuschung spürte. „Plus Helm! Damit fliegen wir zu einem anderen Planeten!“
Benni nickte. Eine Zeitturbine wäre eine gute Idee …

2
Suppenheld gesucht

Am Samstagmorgen war Henrietta sehr früh wach. Sie vertrieb sich die Zeit, indem sie das Kinderzimmer nach neuen Verstecken absuchte. Jetzt, wo die Sockenschublade ein großes Loch hatte.

Die Schildkröte kletterte auf Bennis Schreibtisch und ließ sich kopfüber in die Schultasche plumpsen. Und in der Schultasche fand Henrietta … Miss Cornfields Brief!

Sie wackelte so lange in der Tasche hin und her, bis sie umfiel. Mit dem Kuvert im Mund trippelte sie zu

Benni. Sie wollte unbedingt wissen, was in dem Brief stand!
Henrietta knabberte an dem Kuvert. Als sich die ersten Ecken lösten, wachte Benni auf.
„Was machst du da?“ Verschlafen drehte er sich zu Henrietta und versuchte, ihr den Brief wegzunehmen. Er griff ins Leere.
Vergnügt krabbelte Henrietta unter Bennis Bettdecke. „Wo bin ich?“, gluckste sie.
Benni wusste natürlich, dass seine kleine Freundin direkt neben ihm lag. Aber er wusste auch, was Henriettas Lieblingsbeschäftigung war: Verstecken spielen!
Er kroch aus dem Bett, durchwühlte Papierkorb und Wäschehaufen und kehrte mit traurigem Gesicht zurück zu seinem Piratenbett.
Henrietta streckte kichernd ihren Kopf hervor. „Hier bin ich!“
Lachend schmiegten sie sich aneinander.
„Mach den Brief auf“, drängelte Henrietta. „Wie lautet das Zauberrätsel?“

Neugierig beugten sie sich über Mary Cornfields Brief. Die Nachricht bestand aus vier Worten. Perfekte Leseübung für Henrietta!

„Zeig, was du kannst!“, rief Benni.

Henrietta starrte auf die Zeile.

„Wer ist dein Suppenheld?“, las sie und guckte Benni ratlos an. „Müssen wir die ganzen Ferien lang Suppe essen?“

Benni schüttelte lachend den Kopf. „Da steht was anderes, Henrietta!“ Er fuhr mit dem Zeigefinger die Buchstaben entlang und diesmal machte die Schildkröte keinen Fehler. Auf dem Zettel stand:

„Wer ist dein Superheld?“

Aber Benni war genauso verwirrt wie Henrietta. Was erwartete Miss Cornfield von ihm? Was war das für eine Hausaufgabe?

Er kratzte sich am Kopf. „Miss Cornfield weiß, dass ich Comics mag. Comics voller Superhelden“, überlegte er. „Will sie, dass ich mehr lese?“

Henrietta legte ihr Köpfchen schief. „Mit Schriftstellern kenne ich mich aus! Die olle Tröte ist ein Superheld! Und William, nicht Lothars Känguru, sondern dieser Engländer mit den Schmusestorys. Und natürlich der Piepmatz!“ Sie ratterte herunter, was sie im Deutschunterricht aufgeschnappt hatte.
Benni lachte. Natürlich meinte Henrietta Johann Wolfgang von Goethe, William Shakespeare und Joachim Ringelnatz.
Während Henrietta alle Bücher durchging, die Miss Cornfield mal erwähnt hatte, dachte Benni an seine Comicsammlung: Superman, Spider-Man … Sollte er einfach einen Namen auf die Postkarte schreiben?
Henrietta richtete sich auf. „Also, ich finde Suppenheld viel lustiger!“ Sie tat so, als würde sie einen Säbel durch die Luft schwingen. „Ich bin's! Ringo, der gefährliche Suppenheld! Zur Seite, ihr Zwiebeln! Zur Seite, ihr Backerbsen, jetzt kommt Ringo. Habt ihr schon bessere Zeiten gesehen?“ Sie tat so, als würde sie Backerbsen aufspießen und verspeisen. „Ja, habt ihr!“
Benni lachte so doll, dass er fast aus dem Bett fiel.

3

Auf dem Trödelmarkt

An diesem Samstag gab es für Familie Schubert ein schnelles Frühstück mit Cornflakes und Milch. Bennis Vater hatte es wirklich eilig!
Im Familienkombi fuhren sie in Richtung Volksfestplatz.
Im Radio lief ein Schlager: „Ich geb Gas, ich geb Gas! Ich will Spaß, ich will Spaß!“ Die Eltern sangen fröhlich mit. Benni saß auf dem Rücksitz und hatte Henrietta auf dem Schoß.
„Papa, wieso fährst du keinen Porsche?“, fragte Benni.

„Oder einen Aston Martin? Wie James Bond?“ Noch immer kreisten seine Gedanken um das Rätsel, das Miss Cornfield ihm aufgegeben hatte.
Benni stellte sich einen Geheimagenten vor, der im silbernen Sportwagen durch die Straßen raste. Gleich würde er die Flügel ausklappen und abheben. Das war ein echter Superheld!
„In einem Porsche könnte ich niemals eine Standuhr transportieren“, antwortete Herr Schubert. „Außerdem sind die tiefen Sitze schlecht für meinen Rücken.“
Henrietta und Benni grinsten sich an: Für James Bond war das sicher kein Problem. Der ging jeden Tag ins Fitnessstudio und stemmte Gewichte.
Herr Schubert parkte den Familienkombi vor einem Getränkemarkt.
„Fisch und witzig“, las Henrietta.
„Frisch und spritzig“, verbesserte Benni. „Ich glaube, Superhelden sollten lesen können. Du bist raus!“

Auf der Volksfestwiese herrschte großes Getümmel. Die Eltern liefen vorneweg, Benni und Henrietta trödelten hinterher. „Wenn wir uns aus den Augen verlieren, treffen wir uns beim roten Sonnenschirm." Seine Mutter deutete zu einem Stand, der heiße Waffeln verkaufte. Benni nickte.

Am Anfang machte es ihnen Spaß, in Kisten zu wühlen, Plastikfiguren in die Hand zu nehmen und mit Plüschtieren zu sprechen.

„Bist du ein magisches Tier?", fragte Henrietta eine gelbe Stoffgiraffe.

Die Giraffe antwortete nicht.

Als Benni ein kleines Eichhörnchen streicheln wollte, stellte es der Verkäufer schnell zur Seite. „Das ist nichts für Kinder. Das sind Liebhaberstücke!"

„Ach so", grummelte Henrietta und stieß mit dem Kopf so heftig gegen die Giraffe, dass sie umflog. Wie Dominosteine kippten die Tiere daneben zur Seite.

Benni hob unschuldig seine Hände. „Ich war's nicht!", versicherte er.

Schimpfend stellte der Verkäufer die Tiere wieder auf.

Benni steckte Henrietta schnell in die Hosentasche. Sie schlenderten weiter.
„Wozu sind die Tiere denn da, wenn man nicht mit ihnen spielen darf?", schimpfte Henrietta.
„Vielleicht soll man die Giraffe als Buchstütze verwenden", kicherte Benni. „Und das Eichhörnchen vertreibt Einbrecher!"
„Ganz bestimmt!", gluckste Henrietta.

Die Zeit verging und das Gedränge wurde immer dichter. Ah, da vorne standen Bennis Eltern! Sie waren in ein lebhaftes Gespräch mit einem Verkäufer vertieft. Der Mann verkaufte Stühle, Schränke und Uhren.
Bennis Vater deutete auf einen Kasten aus Holz. „Was hältst du von dieser Standuhr, Benni?"
Benni zuckte mit den Schultern. „Ist ganz okay", meinte er.
„Also, ich finde sie spitze!", rief Henrietta und kroch in

den Kasten. „Wo bin ich? Benni, du musst mich suchen!"

Henrietta kletterte in einen alten Schuh, verschwand hinter einen Spiegel und versteckte sich in einer Höhle, die in Wirklichkeit der Tunnel einer Spielzeugeisenbahn war.

Als Benni sich verkleidete – „Ich bin Mister Morrison" –, fand Henrietta ihn sofort. „Du kannst den grauen Mantel wieder ausziehen,

Mister Benni“, kicherte sie und hüpfte in eine Kiste voller Plastikblumen.

„Ich bin ein Hippie-Mädchen! Auf nach Woodstock!“

„Woodstock?“, wiederholte Benni ratlos.

„Das war ein berühmtes Musikfestival in Amerika!“, erklärte Henrietta. „Die Fans trugen Blumenkränze und Jimi Hendrix hatte seinen ersten großen Auftritt.“

„Jimmy wer?“, fragte Benni.
Henrietta verdrehte die Augen. „Das war mal ein Superheld! Der berühmteste Gitarrist aller Zeiten! Er spielte sein Instrument verkehrt herum und konnte nicht mal Noten lesen.“ Sie warf ihren Kopf hin und her und trällerte ein Lied. „Coole Locken hatte der! Kaufst du mir eine Perücke?“
Sie durchwühlten die Schachteln am Nachbarstand, fanden aber keine, die Henrietta passte.
Nachdem sich Bennis Eltern mit dem Verkäufer geeinigt hatten, trugen sie die Uhr zum Auto. Schweißperlen rollten über Bennis Wangen. „Du bist ein Superheld!“, feuerte Henrietta ihn an. „Danach essen wir Waffeln. Oder gleich das große Eis?“
Leider hatten Bennis Eltern immer noch nicht genug. Sie pusteten Staub von Schränken, stöberten in alten Büchern und betrachteten lange ein Ölgemälde, das Männer beim Reifenwechseln zeigte.
„Die Autschipfanne“, las Henrietta.
„Autopanne“, gähnte Benni.
Bennis Mutter entdeckte eine Kommode, die ihr gefiel.

Immerhin konnte Frau Schubert aushandeln, dass die Verkäufer das Stück zum Auto trugen – Benni musste nicht helfen.

Während Bennis Mutter den Transport beaufsichtigte, zog der Vater Benni zum nächsten Stand. Er war über und über mit Blechspielzeug bedeckt. Es gab Autos, Lokomotiven, Tiere und Gartenzwerge.

„Du musst die Dinger aufziehen wie ein Uhrwerk, dann bewegen sie sich." Herr Schubert zeigte Benni einen zehn Zentimeter großen Affen, der plötzlich Schlagzeug spielte.

„Was hältst du von dem Frosch? Der ist lustig, warte, ich schenk ihn dir!"

Schon drückte Herr Schubert dem Verkäufer einen Geldschein in die Hand.

Na bravo! Nun hatte Benni einen grünen Laubfrosch, der hin und her hüpfte und „Hurra, hurra, der Lenz ist da!" sang.

Benni schloss die Augen. Andere Kinder bekamen von ihren Eltern ein Computerspiel oder Kinokarten.

Er bekam einen Blechfrosch.

„Gehen wir heute in den Zoo?“, fragte Henrietta am Sonntag. „Das machen Familien so in den Ferien!“ Die Schildkröte stand vor Bennis Schrank und zupfte eine frische Unterhose heraus. „Hier, fang!“
Sie schleuderte immer mehr Sachen in Richtung Piratenbett. Benni blieb nichts anderes übrig, als aufzustehen.
Beim Frühstück machte Benni seinen Eltern gleich vier Vorschläge auf einmal – Zoo, Kino, Eisdiele Roma, Fahrradtour –, aber sie winkten ab.
„Ich will meinen Roman fertig lesen“, sagte Bennis Mutter.
„Ich sollte die neuen Möbel aufbauen“, sagte Bennis Vater. „Hilfst du mir?“
Benni nickte ergeben. Was blieb ihm anderes übrig?
„Das Mädchen mit gelocktem Haar“ im Goldrahmen verschoben sie ein Stück nach links. Den Wandteppich mit Fransen hängten sie nach rechts.

An der Wand blieben hässliche Stellen zurück.
„Hier wäre Platz für die Autschipfanne", meinte Henrietta.
„Die haben wir zum Glück nicht gekauft", schnaufte Benni.
Herr Schubert drückte bereits auf den Knopf der Bohrmaschine. „Halte den Staubsauger drunter. Ja, danke, Benni!"
Herr Schubert war kein Fachmann für Bohren, Schrauben und Dübeln.
Das eine Loch war zu klein, das andere zu groß. Und ständig bröselte ihnen roter Ziegelstaub entgegen!
Henrietta musste husten. „Wendy könnte das viel besser", schimpfte sie.
Benni nickte. Der Mechaniker aus der „Dritten Dimension" war wirklich super. In der gestrigen Sendung hatte er im Nullkommanix eine Landebahn auf einem fremden Planeten gebaut. Mit Lichtstrahlern, die bis in die Unendlichkeit leuchteten. Sie waren genau rechtzeitig vom Trödelmarkt heimgekehrt, um die Sendung hören zu können.

Auch am Nachmittag musste Benni helfen.
Die Standuhr hatten sie in die Ecke gerückt, aber wohin mit der Kommode?
„Wir müssen den Schrank verschieben!“, rief Bennis Vater.
Benni seufzte. Manchmal fand er es einfach schrecklich, dass er so altmodische Eltern hatte. Sie tranken Kaffee aus Porzellantassen und aßen Pommes mit Messer und Gabel.
Seine Klassenkameraden wohnten viel moderner.
Bei Ida lagen gestreifte Teppiche am Boden. An den Wänden klebten bunte Bilder, die Ida im Kunstunterricht gemalt hatte.
Seine Eltern würden seine Kritzeleien niemals aufhängen. Sie hatten ja schon „Das Mädchen mit gelocktem Haar“!
Auch die Familie von Silas war supermodern eingerichtet. Es gab einen bombastisch großen

Kühlschrank mit Eiswürfelspender und blitzende Küchengeräte. Im Wohnzimmer standen schwarze Ledersofas und ein beleuchtetes Aquarium. An der Wand hing ein Fernseher, der war zwei Meter breit. Nur bei Familie Schubert sah es aus wie auf dem Trödelmarkt.
Und der Vanillepudding wurde in Schüsseln mit Goldrand serviert! Benni grummelte vor sich hin.
Es war Henrietta, die ihn darauf aufmerksam machte, dass der Pudding aber sehr, sehr lecker schmeckte.

4 Wo stecken denn alle?

Am Montag erledigten Benni und Henrietta gewissenhaft einen Teil der Hausaufgabe: Sie schliefen lange aus.

Danach war ein ausgiebiges Frühstück angesagt. Bennis Eltern hatten den Tisch gedeckt, bevor sie zur Arbeit gefahren waren. Neben dem Orangensaft stand der grüne Blechfrosch. Benni drehte an der Schraube, schon schepperte er los: „Hurra, hurra, der Lenz ist da!“ Der Frosch sang und hüpfte gleichzeitig, was Henrietta ein wenig Angst einjagte.

„So ein frecher Kerl! Wir sollten ihn Lurchi nennen!“ Sie schnupperte an dem Topf mit Erdbeermarmelade. „Machst du mir ein Brot, Benni? Was willst du heute unternehmen?“

Benni zögerte. Er sollte etwas unternehmen? Aber warum denn?

„Weil es Spaß macht!“ Henrietta las mal wieder seine Gedanken. „Oder willst du den ganzen Tag in der dunklen Bude rumgammeln?“

Genau das war Bennis Plan gewesen: chillen und Radio hören!

Nicht mit Henrietta.

„Wir radeln zur Schrebergartenwiese und trainieren“, schlug sie vor. „Nach den Ferien bist du schneller als Jo! Lurchi nehmen wir mit!“ Der Frosch sang schon wieder. Hatte er einen Wackelkontakt?

Henrietta stemmte ihren Panzer in die Luft. „Hoch den Popo, hoch den Popo! Supersportler Jo wird staunen, wenn du nach den Ferien gegen ihn antrittst!“

Benni fand diesen Plan nicht so gut. „Ich flitze hin und her und du knabberst Klee! Nein danke!“

Er pflückte zwei Weintrauben vom Obstteller. Eine aß er selbst, die andere schnippte er zu Henrietta.
„Dann treffen wir uns eben mit Anthony und Madonna zum Fußballspielen!“ Henrietta kickte die Weintraube zurück zu Benni. „Madonna und ich zählen, wer die meisten Tore schießt! Zählen kann ich besser als lesen!“ Sie reckte das Köpfchen und las: „Himmelsschnee!“
„Himbeergelee!“, verbesserte Benni. „Fährt Anthony nicht ins Fußballcamp nach Italien?“
„Richtig.“ Henrietta trippelte am Obstkorb vorbei und ließ sich in Bennis Schoß plumpsen. „Zum Gardinentee! Madonna hatte große Angst vor der Busfahrt. Was, wenn sie plötzlich aufs Klo muss?“
Auf einmal blickte Henrietta so sorgenvoll drein, dass Benni lachen musste. „Ihr seid doch magische Tiere!“, rief er. „Ihr könnt euch das verkneifen, oder etwa nicht?“
Henrietta guckte noch erschrockener.
„Keine Sorge!“ Benni streichelte liebevoll Henriettas Köpfchen. „Wenn WIR beide verreisen, sag ich einfach,

ICH muss aufs Klo, und dann pinkelst du ins Waschbecken."

Henrietta kicherte verlegen. „Hoffentlich guckt dann keiner!"

„Wir verreisen ja nicht", antwortete Benni und beide waren in diesem Moment sehr froh darüber.

Nach dem zweiten Glas Orangensaft und dem dritten Marmeladenbrot hatte Henrietta Benni so weit: Sie packten fürs Schwimmbad.

Die Eltern hatten Benni Taschengeld dagelassen. „Damit du deine Hausaufgabe machen kannst!", hatte Bennis Mutter auf den Zettel geschrieben und eine Eistüte danebengemalt.

Während Benni durch die Stadt strampelte, kamen sie an mehreren Reklametafeln vorbei. Und wer war darauf zu sehen? Kim von der „Dritten Dimension", Anführerin der Xenianer, mit gezücktem Laserschwert auf dem Dach eines Raumschiffs! „Auf ins Weltraumabenteuer! Dabeisein ist alles!", stand auf den Tafeln. Benni konnte die Sondersendung am Samstag kaum erwarten!

Henrietta saß im Fahrradkorb und streckte ihr Köpfchen in den Wind. „Wenn Juri da ist, hüpfe ich mit ihm vom Fünfer!", rief sie. „Mit Mette-Maja tauche ich um die Wette!"

Juri war Jos Pinguin, Mette-Maja hieß die Robbe von Hatice.

Benni lachte. „Bestimmt ärgert Rick gerade die Tanten im Schwimmerbecken!"

Sie erreichten die Liegewiesen und sahen sich um. Am Beckenrand stand aber nur Bademeister Paule Pankratz mit seiner Trillerpfeife. Von Bennis Klassenkameraden fehlte jede Spur.

„Sind denn alle am Gardinentee?", wunderte sich Henrietta. „Egal! Lass uns rutschen!"

Sie planschten im Wasser und ließen sich Schaumblasen um den Bauch blubbern. Nach zwei Stunden rubbelten sie sich gegenseitig die Bäuche trocken.

Auf dem Heimweg fuhren sie bei Ida vorbei. „Bei ihr gibt es immer so leckere Schokokekse!“, freute sich Henrietta.
Doch an der Tür des Friseursalons hing ein Schild: „Wir machen Urlaub!“ Henrietta las: „Wir matschen Laub. Was jetzt, Benni?“
Sie machte ein trauriges Gesicht.
Da hatte Benni eine Idee.
„Wir radeln zur Bücherei und leihen Bücher aus. Für dich! Zum Lesenüben!“
Aber komisch, diesmal hatte Henrietta keine Lust. „Ich kann doch alles! Lass uns nach Hause fahren.“
Das machte Benni mit dem größten Vergnügen.

Der Rest des Tages verging so, wie Benni es am liebsten mochte: Sie tranken Saft, aßen Chips und hörten Radio.
„Was schreiben wir denn nun auf die Karte an Miss Cornfield?“ Henrietta trippelte am Bücherregal

entlang. „Also, der Kapitän von der Titanic fällt schon mal weg. So ein Feigling! Hat sich einfach aus dem Staub gemacht."

Während Henrietta kopfschüttelnd weitersuchte, dachte Benni an die Helden, die er aus dem Fernsehen kannte.

James Bond, der Geheimagent mit den schnellen Autos?

Oder Bob, der Baumeister?

Das war eine Sendung, die er als Kindergartenkind geguckt hatte.

Bob schaffte einfach alles!

Benni kicherte. Er glaubte nicht, dass Miss Cornfield mit dieser Antwort zufrieden war.

„Wie wäre es mit Neil Armstrong?" Henrietta zeigte auf ein Buch über Astronauten. „Er war der erste Mann auf dem Mond."

„Weiß ich doch!" Benni nickte. „Armstrong war Kommandant der Apollo 11 und sprach den berühmten Satz: ‚Das ist ein kleiner Schritt für einen Menschen, aber ein großer Schritt für die

Menschheit!'" Er hopste in Richtung Henrietta. „Es eilt nicht mit dem Rätsel."

„Du hast recht." Henrietta ließ sich in Bennis Arme fallen. „Bis nächsten Sonntag kann noch viel passieren."

Um 17 Uhr drehte sich der Schlüssel und Bennis Eltern kamen nach Hause. Sie hatten Eis mitgebracht, für später.

„Vorbildlich", lobte Henrietta.

Sie kochten zusammen, nach dem Abendessen sahen sie sich eine Quizsendung an.

Herr Schubert saß links auf dem Sofa, Frau Schubert saß rechts auf dem Sofa, Benni und Henrietta saßen in der Mitte. Dazu gab es eine riesige Schüssel Eis für alle.

„Nicht übel, gar nicht übel", schmatzte Henrietta.

Als sie im Bett lagen und Benni seinen kuscheligen Teddybären-Schlafanzug trug, überlegten die beiden Freunde, was ein Superheld können musste.
„Ein Superheld muss groß und stark sein", begann Benni. „Er kann sich von Hochhäusern abseilen."
„Er ist mutig und schlau", sagte Henrietta. „Sein Hirn arbeitet besser als ein Computer."
„Vielleicht fährt er ein schnelles Auto", fuhr Benni fort. „Oder einen Roboter auf dem Mars!"
„Er hat ein Motorrad!" Henrietta hatte noch das Lied aus dem Autoradio im Ohr. „Ich geb Gas, ich geb Gas!", trällerte sie. „Ich will Spaß, ich will Spaß!"
Benni war sich sicher, dass Superhelden eher selten mit dem Fahrrad oder mit der Straßenbahn unterwegs waren. „Ob ein Superheld Gemüse isst?" Benni schüttelte den Kopf. „Bestimmt mag er Steaks mit scharfer Soße!"
Henrietta hob die Vorderpfote. „Suppenhelden mögen Suppe, Superhelden essen Radieschen und Gurke und Glibberquallen. Das weiß ich genau!"
„Das stimmt." Benni lächelte. „Aber ich hab das

Gefühl, dass Miss Cornfield noch jemand anderen im Sinn hatte." Er drückte Henrietta fest an seine Brust. „Wir sollen mit offenen Augen durchs Leben gehen, hat sie gesagt …" Benni gähnte. „Aber erst einmal mache ich die Augen zu."

Eng aneinandergekuschelt schliefen sie ein.

5 Ein überraschender Anruf

Am Dienstag machte das Ausschlafen nicht mehr ganz so viel Spaß wie am Tag zuvor.
Benni und Henrietta erwischten sich gegenseitig dabei, dass sie nur so taten, als würden sie schlafen. Beide blinzelten kurz – und machten die Augen schnell wieder zu. Nach einer Weile hielten sie es nicht mehr aus. Sie hopsten aus dem Bett.
„Ein paar Liegestütze als Morgengymnastik?“, schlug Henrietta vor. „Und jetzt eine Runde Radfahren!“ Sie legten sich auf den Rücken und strampelten los.

Nach dem Frühstück bestand Henrietta darauf, dass Benni die Klassenliste durchtelefonierte.
„Anna-Lena ist so nett!“, rief sie. „Mit Caspar kann man super Verstecken spielen!“
Benni wählte bereits ihre Nummer. Tut – tut – tut. Niemand ging ran.
„Was ist mit Lothar?“ Henrietta tippte auf das Blatt.
Auch bei Familie Roggenthiel meldete sich niemand.
„Dann gehen wir eben Skateboard fahren!“ Henrietta war voller Schwung. „Nicht, dass du am Ende Helene anrufst! Auf Karajan habe ich überhaupt keine Lust.“
Benni schüttelte sich. „Sicher nicht! Helene spielt immer die Chefin und kommandiert alle herum!“
„Karajan ist auch nicht besser“, klagte Henrietta.
Stattdessen holte Benni das Skateboard aus dem Keller, das Onkel Johnnie ihm zu Ostern geschenkt hatte.
Henrietta sprang auf und schon rollten sie die Lerchenfeldstraße entlang.
„Gib Gummi!“, rief Henrietta.
Benni verlagerte das Gewicht und fuhr eine Kurve.
Hoppla, fast wäre er gegen die Wand gekracht!

„Das kannst du besser!“, feuerte ihn Henrietta an und streckte ein Beinchen zur Seite. „Rechts abbiegen, Benni!“ Sie übten den ganzen Vormittag.

Am Dienstag hatte Bennis Mutter nachmittags immer frei.

„Wir könnten zusammen ins Kino gehen!“, rief Henrietta. „Da läuft ein super Film über Ninja-Turtles!“

Aber Frau Schubert hatte andere Pläne. Erst tranken sie Tee und aßen Butterkuchen, dann wollte sie die Wohnung putzen.

„Du kannst gern helfen, Benni“, schlug sie vor. „Schnapp dir den Staubsauger, dein Zimmer hat es nötig!“

Zum Glück klingelte im selben Moment das Telefon.

„Ach, du bist es, Johnnie!“, rief Bennis Mutter. „Alles klar bei dir?“

Johnnie war ihr jüngerer Bruder. Er hatte Benni das Skateboard geschenkt.

Von Beruf war Johnnie Kaminkehrer. Er war Single und hatte keine Kinder. Wenn er Sehnsucht nach Familie hatte, brauste er mit dem Motorrad bei seiner Schwester vorbei. Manchmal gingen sie zusammen Pizza essen, was meistens sehr lustig war.
Benni spitzte die Ohren.
„Donnerstag?“, fragte Bennis Mutter und runzelte die Stirn. „Wer kommt denn noch mit?“
„Für mich den bunten Vorspeisenteller und einmal Pizza Margherita!“, trompetete Benni in Richtung Telefon.
„Für mich einen kleinen gemischten Salat!“, ergänzte Henrietta. „Mit Shrimps!“
Bennis Mutter schüttelte den Kopf. „Also, ich weiß nicht“, murmelte sie. „Das ist doch nichts für einen kleinen Jungen!“
„Benni ist nicht klein!“, rief Henrietta.
Benni wartete gespannt. Ging es doch nicht um Pizza und Salat?
„Mit dem Motorrad?“ Frau Schuberts Stimme begann zu quietschen. „Johann, das kannst du nicht machen!“

Benni hielt die Luft an. Immer, wenn seine Mutter ihren Bruder Johann nannte, hatte der eine coole Idee gehabt!
„Das ist zu weit!", rief seine Mutter ins Telefon. Sie drehte sich weg, mit dem Rücken zu ihm. „Musst du denn nicht zur Arbeit? Ach so ... Ja, ja ... Was Benni macht? Warte, ich geb ihn dir!"
Endlich reichte sie den Hörer weiter.
„Hallo, Benni!", begrüßte ihn Onkel Johnnie. „Wie läuft's? Was hast du bisher in den Ferien unternommen?"
„Ich war im Schwimmbad!", erzählte Benni. „Und Skateboard fahren! Zusammen mit Henrietta!"
Henrietta stupste ihn an, Benni zuckte zusammen. Oh Mist! Er durfte doch nicht über sein magisches Tier sprechen!
„Ist sie nett, diese Henrietta?", wollte Onkel Johnnie wissen. „Wann stellst du mir deine Freundin vor?"
Benni wurde rot, aber das konnte Onkel Johnnie zum Glück nicht sehen.
„Kommst du uns abholen?", fragte er. „Ich hab riesigen

Hunger auf Pizza!“ Sein Magen knurrte so laut, dass man es durchs Telefon hören musste. Onkel Johnnie lachte schallend.

„Ich habe einen besseren Plan. Ein Jungsabenteuer! Morgen Abend komme ich vorbei und verrate mehr. Ich muss sowieso erst meine Schwester überzeugen. Sie ist ein Oberangsthase. So wie du!“

„Benni ist kein Angsthase!“, protestierte Henrietta. „Sag ihm das, Benni!“

„Ich bin kein Angsthase“, rief Benni in den Hörer. „Zumindest nicht immer.“

„Na also, dann sind wir uns einig!“, freute sich Onkel Johnnie. „Bis morgen!“ Er legte auf.

Benni stöhnte: schon wieder eine Überraschung!

6
Onkel Johnnies Plan

Benni löcherte seine Mutter. „Was meint Onkel Johnnie denn mit ‚Jungsabenteuer'?"

„Ach, der hat wieder Ideen …" Frau Schubert schüttelte den Kopf. „Aber das erlaube ich nicht! Und dein Vater auch nicht!"

Benni überlegte. Vielleicht lud ihn sein Onkel zu einer Spritztour mit dem Motorrad ein? Das wollten sie schon lange machen, es war aber nie etwas daraus geworden. Mal hatte es geregnet, mal hatte Onkel Johnnie den zweiten Helm vergessen.

Frau Schubert schaltete den Staubsauger ein, Benni und Henrietta verzogen sich ins Kinderzimmer. Nicht, dass sie am Ende noch helfen mussten!

Benni und Henrietta konnten den nächsten Abend kaum erwarten.
Um kurz nach sieben Uhr klingelte es.
Benni riss die Tür auf und tatsächlich: Onkel Johnnie stapfte in Motorradkluft durch den Flur. Auf dem Kopf trug er einen Helm, in den Armen hielt er vier Pizzakartons. „Ich höre ständig Pizza, Pizza, Pizza!“, raunte er Benni zu. „Damit will ich deine Mutter bestechen!“
„Du siehst aus wie ein Astronaut“, fand Benni. „Fehlt nur noch die Sauerstoffflasche.“
„Und die Windel für den Weltraumspaziergang“, kicherte Henrietta. „Stiefel ausziehen!“, rief Bennis Mutter aus der Küche. „Gestern habe ich frisch geputzt!“

Johnnie drückte Benni die Kartons in die Hand und schälte sich aus Helm, Stiefeln und Lederjacke. „Locker bleiben, Katrin! Mir ist sowieso viel zu warm." Benni klappte eine Schachtel auf und nahm sich ein Stück. Oje – die Pizza war eiskalt! Er verzog das Gesicht.

Sein Onkel zuckte mit den Schultern. „Sorry, das liegt am Fahrtwind!“

„Das wäre im Kombi nicht passiert!“ Bennis Vater trat in den Flur. „Hallo, Johann! Willst du ein Bier?“

Die Männer verschwanden in der Küche, wo Bennis Vater den Ofen anmachte. Benni deckte währenddessen den Tisch. Natürlich stellte er wie immer einen Gemüseteller in die Mitte. Für seine liebste Freundin Henrietta.

„Was ist wohl Johnnies Überraschung?“ Henrietta wackelte nervös mit dem Kopf. „Er hat von einem Jungsabenteuer gesprochen. Hoffentlich darf ich mit!“

„Aber natürlich!“ Benni gab Henrietta einen Kuss auf die Nasenspitze. „Uns gibt es nur im Doppelpack!“

Die Erwachsenen setzten sich an den Tisch.

„Was macht die Arbeit?“, fragte Bennis Vater.

„Alles bestens.“ Sie nahmen sich Pizza. Jetzt war sie heiß, sehr gut!

„Ab morgen habe ich frei“, sagte Onkel Johnnie und zwinkerte Benni verschwörerisch zu. „Und bei euch?“
Die Erwachsenen sprachen über verrußte Kaminrohre und die verschiedenen Brennwerte von Fichten- und Buchenholz. Bennis Mutter erzählte von schwierigen Verhandlungen mit schwierigen Kunden. Bennis Vater zeigte stolz seine Neuerwerbungen vom Trödelmarkt.
Als das letzte Stück Pizza aufgegessen war, hielt Benni es nicht mehr aus.
„Was ist die Überraschung?“, stieß er hervor.
Onkel Johnnie kramte in der Hosentasche und stutzte.
„Wo hab ich sie denn?“
Seine Eltern wechselten einen Blick.
Onkel Johnnie ging in den Flur und kehrte kurz darauf mit seiner Motorradjacke zurück. Er zog zwei Tickets hervor und legte sie mit wichtiger Miene auf den Tisch.
„Das Ereignis des Jahres!“, verkündete er. „Das wird der Hammer!“
Benni rückte näher heran. „Rockfestival!“, las er laut.
„Drei Tage lang Musik der Extraklasse!“

„Rockfestival?“, gluckste Henrietta, die auf Bennis Schoß saß. „Müssen wir da Mädchenkleider tragen? Du hättest mir doch die Perücke kaufen sollen.“ Sie wippte fröhlich mit dem Kopf: „We will, we will rock you!“

„Ich wusste gar nicht, dass du so gut Englisch kannst!“ Benni beugte sich nach unten.

„Klar kann ich Englisch!“, antwortete Onkel Johnnie, der meinte, Benni hätte mit ihm gesprochen.

„Zumindest so viel, dass ich laut mitsingen kann! Na, was sagst du? Spitzenprogramm, nicht wahr?“

Benni warf einen Blick auf die Bandnamen, die auf den Tickets aufgedruckt waren:

Desaster Area

DRÖHNENDE LANDSTRASSEN

Die lieblichen Schwestern

Susu *Babbel*

Benni kannte keine einzige davon.

„Was ist mit Tausendsassa?“, fragte Henrietta und begann zu singen: „Jeder Abschied ist ein bisschen wie Sterben. Nicht war, kleiner Stern im Sand?“
„Tausendsassa ist nicht dabei?“, wollte Benni wissen. „Die Band stammt aus Berlin, ich kenne alle Texte!“
Onkel Johnnie schüttelte den Kopf. „Nie gehört!“
Bennis Mutter räusperte sich. „Wie gesagt, ich bin dagegen. Ein Rockfestival, das ist nichts für Benni!“
Auch der Vater schüttelte den Kopf. „Mit deiner Motorradgang? Den Kerlen der Hölle? Niemals!“
Henrietta bekam Schluckauf vor Aufregung. „Eine Motorradgang?“
Nach und nach erfuhr Benni die Einzelheiten: Das Festival würde in Königstein stattfinden, einem Ort, der etwa 200 Kilometer entfernt lag. Dort würden sie auf einem Zeltplatz übernachten. Benni sollte auf dem Rücksitz von Onkel Johnnies Motorrad mitfahren. Onkel Johnnies Freunde kamen auch mit. Sie nannten sich „Kerle der Hölle“, waren aber, wie Johnnie versicherte, „ganz friedliche Jungs“. Frauen waren ebenfalls mit von der Partie.

„Das sind die ‚Feuerfrauen'“, erklärte Onkel Johnnie. „Und ihr haltet euch ganz sicher an die Geschwindigkeitsbegrenzungen?“, fragte Bennis Vater. „Andere Kinder sind auch dabei?“, fragte Bennis Mutter.

Johnnie zog eine Broschüre hervor. „Für die Kinder gibt es sogar Extra-Angebote: Henna-Workshop, Kinderdisco, Pony-Kutschfahrten, Skateboard fahren, eigene Songs schreiben.“

Nachdenklich blätterte Bennis Mutter das Heftchen durch. „Klingt gar nicht mal schlecht ...“, murmelte sie.

Onkel Johnnie stand auf. „Morgen gehen Benni und ich erst mal einkaufen. Ich mache einen ‚Kerl der Hölle' aus ihm.“

Als er das erschrockene Gesicht seiner Schwester sah, legte er den Arm um ihre Schulter. „War nur Spaß. Benni braucht einen Schlafsack und eine Jacke, solche Sachen. Nachmittags düsen wir los.“

Er machte eine Drehbewegung mit dem rechten Handgelenk.

„Ich geb Gas, ich geb Gas!“, sang Henrietta. „Ich will Spaß, ich will Spaß!“

„Hast du denn einen Helm für Benni?“, fragte Bennis Vater.

„Hab ich!“, antwortete Onkel Johnnie.

Benni riss die Augen auf. Hieß das, er durfte mitkommen?

„Wir sehen uns morgen um 10 Uhr!“ Onkel Johnnie schlüpfte in seine Motorradstiefel. „Einverstanden?“

Benni schluckte.

„Einverstanden!“, half Henrietta.

„Einverstanden!“, krächzte Benni.

Zu seiner großen Überraschung stimmten seine Eltern Onkel Johnnies Plan zu.

Nachdem Onkel Johnnie abgedüst war, brach im Hause Schubert Hektik aus.

Katrin Schubert zog Jogginghosen, Wollsocken, Pullis und Pullunder aus dem Schrank. „Nachts kann es empfindlich kalt werden." Sie fuhr Benni durch die Haare. „Ich hole die Skiunterwäsche aus dem Keller."

„Nein, nein", wehrte Benni ab. Er war sich ziemlich sicher: Ein „Kerl der Hölle" trug keine Skiunterwäsche.

Henrietta sah das genauso. „Damals, 1969 bei Woodstock, hatten die Leute zeitweise gar nichts an."

Benni bekam es mit der Angst zu tun. „Läuft das so auf Festivals? Echt?"

„Nicht immer", beruhigte die Schildkröte Benni. „Inzwischen behalten die meisten Fans immerhin ihr T-Shirt an."

Benni kicherte nervös.

Seine Mutter holte Gummistiefel und bot Benni ihre Yogamatte an. Benni verdrehte die Augen. Ein „Kerl der Hölle" schlief auch nicht auf einer Yogamatte! Schon gar nicht, wenn darauf gelbe Kaffeetassen abgedruckt waren.

Sein Vater zerrte einen grauen Koffer hervor. „Meine Erste-Hilfe-Ausrüstung! Soll ich dir zeigen, wie man einen Druckverband macht? Es geht wild zu auf diesen Festivals!" Benni schüttelte den Kopf, sein Vater

guckte besorgt. „Eine Anleitung ist drin. Salbe und Verbandszeug ebenfalls. Soll ich noch ein paar Bücher holen? Falls dir langweilig wird!“
Seine Mutter schleppte ein Federkissen an.
„Du magst es doch gern bequem, nicht wahr, Benni?“
Benni gab auf. Morgen, wenn seine Eltern in der Arbeit waren, würde er einfach alles umpacken.

Als Benni und Henrietta eine Stunde später im Piratenbett lagen, konnten beide nicht einschlafen.
„Du, Benni …“ Henrietta schnüffelte nervös. „Ich muss dir was sagen …“
„Ja?“, fragte Benni.
„Ich bin noch nie Motorrad gefahren!“ Ihre Stimme zitterte leicht. „Wie ist das denn?“
Das Geständnis verblüffte Benni. Und es gefiel ihm. Henrietta war fast 200 Jahre alt und sie hatte eine Menge Lebenserfahrung. Endlich einmal gab es etwas, bei dem seine Schildkröte NICHT die Nase vorn hatte.

„Das ist wie Fahrradfahren, nur schneller!“, versuchte er zu erklären. „Oder wie Autofahren, nur luftiger!“ So stellte er sich das zumindest vor. Er war ja selbst noch nie bei Onkel Johnnie mitgefahren.

„Sind wir so schnell unterwegs wie James Bond?“, fragte Henrietta.

„Mein Onkel gibt Vollgas!“, antwortete Benni. „Da bin ich mir ziemlich sicher.“

„Dann ist Johnnie also eine Art …“ Henriettas Stimme bebte. „… Superheld?“

Benni überlegte und nickte langsam.

„Er gehört auf alle Fälle zu den engeren Kandidaten.“

7

Henrietta, die Stilberaterin

Am nächsten Morgen gingen Herr und Frau Schubert später zur Arbeit als sonst. Bennis Gepäck stand bereit: ein großer Rucksack, der seinem Vater gehörte. „Der passt gut auf deinen Rücken“, meinte Herr Schubert.

Als Benni ihn anprobierte, fühlte er sich wie eine Ameise, die einen Stein schleppt. Aus der Seitentasche ragte ein Frosch und sang „Der Lenz ist da!“.

Die Gummistiefel blieben zu Hause, es war einfach kein Platz mehr für sie. Benni wollte lieber das

Skateboard mitnehmen. Henrietta hatte sich außerdem ein paar Comics gewünscht. „Für alle Fälle", sagte sie.
Der Frühstückstisch war üppig gedeckt, sogar frische Blumen standen auf dem Häkeldeckchen.
Benni brachte fast nichts runter. „Dann packe ich dir eben alles ein." Seine Mutter strahlte ihn an. „Jetzt bin ich doch glatt ein bisschen neidisch auf dein Abenteuer. Früher sind wir oft zusammen Zelten gewesen, mein Bruder und ich. Damals hatte Johnnie noch keine schwere Maschine, sondern ein Moped."
Das wusste Benni gar nicht! Er war bisher davon ausgegangen, dass seine Mutter als Kind immer nur wandern gewesen war.
„Papa, wie war es bei dir?", fragte er.
Sein Vater winkte ab. „Ich musste in den Ferien immer Oma und Opa im Laden helfen. Einmal allerdings, da war ich bei …"
Im selben Moment klingelte das Telefon. Onkel Johnnie war dran. „Tut mir leid, ich habe verschlafen!" Er gähnte in den Hörer. „Es wird ein bisschen später werden!"

Frau Schubert seufzte. „So war er schon immer, mein kleiner Bruder. Unzuverlässig bis in die Haarspitzen. Tut mir leid, Benni, wir müssen los!"

Umständlich standen die beiden auf. Umständlich packten sie ihre Sachen.

„Du musst ihnen helfen!", flüsterte Henrietta.

Benni nickte. Diesmal war er es, der seine Eltern trösten musste! Er umarmte erst seinen Papa, dann seine Mama. „Es sind doch nur drei Nächte. Am Sonntag bin ich wieder da!"

Plötzlich fiel auch ihm der Abschied schwer. Er guckte zu Henrietta.

Wie gut, dass er sie hatte. Sonst würde er sich niemals auf dieses Abenteuer einlassen.

Seine Mutter schluckte. „Wenn du heimkommst, gibt's Butterkuchen. Versprochen, mein Schnuffel!"

Schnuffel – so hatte sie ihn immer genannt, als er noch im Kindergarten war.

Sein Vater klopfte ihm auf die Schultern. „Ich denke an dich. Immer, wenn der Frosch singt! Versprich mir, dass du ab und zu an der Schraube drehst, ja?"

Benni versprach es.
Und dann waren seine Eltern tatsächlich weg.
Mit einem Kloß im Hals saß Benni da.
„Machst du mir ein Brot?“, wisperte Henrietta in die Stille hinein. „Mit viel Schnee bitte!“
Während Benni eine Scheibe mit Himbeergelee bestrich, zupfte Henrietta vorsichtig eine Blume aus der Vase. „Für dich, Schnuffel!“
Benni senkte den Kopf und Henrietta steckte ihm die Blume hinters Ohr.
Und plötzlich sang jemand: „Hurra, hurra, der Lenz ist da!“
Benni holte Lurchi aus dem Rucksack und schon trällerten alle zusammen: „Hurra, hurra, der Lenz ist da!“
Lurchi wackelte über den Tisch, Henrietta tanzte und auf einmal kehrte Bennis Appetit zurück.
Er aß drei Marmeladenbrote, dann packte er seine Sachen um. Eine Reisetasche war viel praktischer als der riesige Rucksack!

Um Viertel nach elf hörte Benni endlich ein lautes Röhren.

Er stürzte auf den Balkon.

Onkel Johnnie winkte. „Los, komm! Unser Jungsabenteuer beginnt!“

So schnell war Benni selten auf der Straße!

Onkel Johnnie hatte tatsächlich daran gedacht, einen zweiten Helm mitzunehmen. Er war rot und weiß und hatte gelbe Streifen.

Benni stülpte sich den Helm über die blonden Haare und guckte in den Seitenspiegel. Das sah stark aus!

„Aufsteigen!“, kommandierte sein Onkel. „Gut festhalten!“

Benni schwang sich auf den Ledersitz. Henrietta schob er vorsichtig in den Hosenbund.

„Hicks“, machte sie. Und gleich noch mal: „Hicks!“

Benni legte die Arme um Onkel Johnnies Bauch.

„Fertig?“, fragte Onkel Johnnie nach hinten.

„Fertig!“, antwortete Benni.
„Hicks!“
Sie brausten los.

Am Anfang traute sich Benni kaum, den Kopf zu drehen.
Wie anders die Stadt aussah, wenn man auf einem Motorrad saß! Kein Fenster trennte die Fahrer von der Außenwelt. Und die Leute guckten sich um! Nach dem roten Motorrad. Und nach ihm!
Einen Moment lang fühlte sich Benni wie ein Superheld.
„Hicks!“ Er spürte Henriettas Pfoten an seinem Bauch.
Benni traute sich nicht, Onkel Johnnie loszulassen.
Sonst hätte er eine Hand schützend um Henriettas zitternden Körper gelegt.

An einem Einkaufszentrum hielten sie an.
Onkel Johnnie stopfte seine Handschuhe in den Motorradkoffer, Benni zog Henrietta aus dem Hosenbund.
„Alles klar?“, fragte er besorgt.
„Hicks!“ Henrietta antwortete mit wackeliger Stimme: „Jetzt weiß ich, wie es dir geht, wenn du etwas Neues ausprobierst. Gar nicht so einfach!“
Sie steuerten einen Laden für Campingzubehör an. Benni kroch in einen Schlafsack und legte sich auf eine olivgrüne Isomatte.
„Na?“, fragte der Verkäufer. „Bereit für die Wildnis?“
„Super!“, sagte Benni und streckte den Daumen hoch. Das stimmte nicht ganz: Die Yogamatte seiner Mutter war weicher gewesen.
Im Geschäft gegenüber probierte Benni Turnschuhe an.
„Das neuste Modell“, flötete die Verkäuferin. „Weiß mit silbernen Streifen.“
Henrietta war begeistert. „Wenn die Außerirdischen kommen, kannst du sie würdig empfangen!“

„Gekauft“, nickte Onkel Johnnie und lotste Benni zum T-Shirt-Regal. „Aufs Rockfestival kannst du nicht mit Karohemd und Pullunder gehen.“

„Warum nicht?“, protestierte Benni.

Henrietta kicherte.

Sie wählten drei Modelle aus: Eines war schwarz, eines dunkelblau mit weißem Blitz und auf dem dritten stand „Keine Panik!“.

Und dann sollte Benni eine Lederjacke anprobieren! Wie schwer sie auf seinen Schultern lag! Solche Jacken trugen Bodyguards!

Henrietta strahlte. „Die nehmen wir! Vertrauen Sie Henrietta, der Stilberaterin!“ Stolz trippelte sie neben Benni vor dem Spiegel auf und ab.

Als Onkel Johnnie Benni eine Brille mit verspiegelten Gläsern aufsetzte, knallte Benni gegen einen Kleiderständer.

„Autschi!“, rief die Schildkröte erschrocken.

Onkel Johnnie legte die Brille trotzdem in den Einkaufskorb.

Zu Hause packte Benni noch einmal seine Sachen um. Die meisten Wollpullunder flogen raus, die neuen Sachen kamen rein. Von den vielen Hosen, die seine Mutter eingepackt hatte, nahm er eine lange und zwei kurze Hosen mit und die Jogginghose.
„Für mich den dicksten Pulli, bitte!“, rief Henrietta. „Und den Teddybären-Schlafanzug! Der ist so kuschelig.“
Das Erste-Hilfe-Set und der Blechfrosch lagen einsam im Flur.
„Steck beides ein, sonst ist dein Papa traurig“, entschied Henrietta. „Skateboard nicht vergessen!“
Sie bretterten los.

8
„Ich bin Zora!“

Die „Kerle der Hölle“ und die „Feuerfrauen“ trafen sich auf dem Parkplatz vor dem Westfriedhof. Immer mehr Maschinen rollten heran.

Sein Onkel stieg ab und unterhielt sich mit den anderen. Irgendwie vergaß er, Benni vorzustellen.

Benni nahm den Helm ab, schüttelte sich – und hätte sich gewünscht, die verspiegelte Brille auf der Nase zu haben. Die Gläser wirkten wie ein Schutzschild nach außen. War das das Geheimnis von Coolness? Dass man sich mit niemand unterhalten musste?

Er traute sich nicht, auf die anderen zuzugehen. Henrietta konnte ihm nicht helfen. Sie steckte in seinem Hosenbund. Es wäre viel zu auffällig, sie herauszuziehen.
Unter einem Helm sah Benni blonde Haare hervorspitzen. Ein Mädchen, und es kam auf ihn zu! Mit dem Helm sah es aus wie eine Außerirdische.
„Ich bin Zora!" Die Außerirdische nickte ihm zu. „Ich bin mit meiner Tante Tanja da. Und du?"
Benni wusste nicht, was er antworten sollte. Er wollte cool sein! Was würde Jo jetzt machen?
Benni strich sich die Haare aus der Stirn und zog den Reißverschluss seiner Lederjacke einen Zentimeter höher. Warum fiel ihm nie ein lässiger Spruch ein?
„Ich bin ein Kerl der Hölle", stotterte er.
Ein Vogel flog über ihn hinweg und ließ einen Klecks fallen. Er landete auf Bennis Lederjacke!
Zora kicherte und Benni wurde knallrot.
Im selben Moment kam Bennis Onkel angestapft. „Wo hast du deine Brille, Junge? Hol sie raus, wir fahren los! Langstrecke!"

Alle setzten sich auf ihre Maschinen und gaben Gas. Was für ein Höllenlärm!
Benni zuckte zusammen, was Zora nicht entging.
„Du willst ein Kerl der Hölle sein?", rief sie. „Sitzt du zum ersten Mal auf einem Motorrad? Anfänger!"
Benni wurde ganz klein.

Eine „Feuerfrau" führte die Gruppe an. Als Zweite kamen Onkel Johnnie und Tante Tanja.
Benni traute sich kaum zu blinzeln.
Als sie das Ortsschild hinter sich gelassen hatten und durch Wald und Felder brausten, wurde Benni lockerer. Der Fahrtwind strich über seine Wangen, Bäume flogen an ihm vorbei. Er dachte an seine missglückte Begrüßung und ärgerte sich. Warum gelang es ihm nicht, ein Mädchen zu beeindrucken? Jo schaffte das mühelos.
Er atmete gleichmäßig ein und aus, so wie er es von Henrietta gelernt hatte. Hoffentlich erinnerte sich seine

kleine Schildkröte auch an den Trick! Wie es ihr wohl ging? Benni hatte zunächst Angst, sich in die Kurve zu legen. Kippte das Motorrad nicht um?
Aber genau das Gegenteil war der Fall. Sein Onkel lenkte die Maschine geschickt in die Kurve hinein und

mit viel Schwung wieder hinaus. Fühlten sich so die Astronauten, wenn sie in der Raumkapsel um die Erde schwebten?

Benni spürte Henrietta an seinem Bauch. Ein Gedanke schoss ihm durch den Kopf: Was, wenn Henrietta pinkeln musste? Vor lauter Aufregung?
Wie viele Ersatzhosen hatte er eigentlich dabei?
Er hatte den Gedanken noch nicht zu Ende gedacht,

als das Motorrad vor ihnen den Blinker setzte.
An einer Tankstelle stiegen sie ab.
Bennis Beine zitterten, seine Hände tasteten nach

Henrietta. Ihr Körper bebte vor Angst und Aufregung. Er musste sich um sie kümmern!
Benni deutete zum Waschraum. „Bin gleich wieder da!“, sagte er zu Onkel Johnnie und wankte zu dem Häuschen. Seine Beine fühlten sich an wie Gummi. Zum Glück war niemand außer ihm im Raum. Schnell zog er Henrietta aus dem Hosenbund.
„Wie geht es dir?“ Besorgt musterte Benni seine Gefährtin. Sie wirkte ziemlich blass.
Henrietta streckte vorsichtig ihr Köpfchen. „Puh!“, sagte sie. „Hab ich einen Durst.“
Benni formte seine Hand zu einer Schüssel und ließ Henrietta trinken. „Besser!“, wisperte Henrietta. „Kannst du kurz weggucken?“
Benni lächelte und die kleine Schildkröte pinkelte unauffällig in das Waschbecken.
„Ist es noch weit?“, fragte Henrietta, nachdem sie ihr kleines Geschäftchen erledigt hatte. „Es ist dunkel unter deiner Jacke und es brummt so laut.“
Benni zuckte mit den Schultern. „Ich hab keine Ahnung. Aber eine Stunde dauert es sicher noch.“

„Oje", stöhnte Henrietta.
Als sie zurückkamen, tranken die Männer und Frauen Dosenlimo. Sie prosteten sich zu und lachten. Fast wie bei einem Picknick auf einem Schulausflug.
„Du bist der Neffe von Johann?" Eine Frau mit Fransenärmeln drehte sich zu ihm. „Super, dass du mitkommst! Ich bin Tanja!" Sie nickte Benni zu. „Was hältst du von den ‚Dröhnenden Landstraßen'? Zora muss bei der Musik immer würgen."
Diesmal war es Benni, der grinste.
„Ich steh nun mal mehr auf Tausendsassa!", knurrte Zora.
„Echt?", rief Benni überrascht. „Zwei Mädchen aus meiner Klasse haben die Band in einem Referat vorgestellt. Kennst du die neue CD? Live aus Tokio?"
Zora und Benni blickten sich an. Sie holten tief Luft und begannen, lauthals zu singen. „Jeder Abschied ist ein bisschen wie sterben …"
Onkel Johnnie schüttelte sich. „Was für ein Kitsch! Bob Dylan würde sich Pommes in die Ohren stopfen, wenn er das hören würde."

„Über den gab es auch ein Referat!“, rief Benni. „Die Antwort, mein Freund, weiß ganz allein der Wind. Ist das besser?“
Die „Kerle der Hölle“ und auch Zora lachten. Jetzt, wo sie keinen Helm mehr trug, konnte Benni eine Zahnlücke erkennen. Das sah lustig aus!
„Der Punkt geht an dich!“, raunte sie Benni zu und klatschte mit ihm ab. Benni fühlte sich gleich viel besser.
Sie stiegen auf ihre Motorräder.
Zweite Etappe!
Sie rollten über den Asphalt. Nur das Knattern und Brummen der Maschinen war zu hören. Benni legte sich so beherzt in die Kurve, dass sein Onkel anerkennend mit dem Kopf nickte.
Zora winkte Benni zu, er winkte fröhlich zurück.

9 Picknick im Zelt

Die Sonne stand schräg am Himmel, als sie das Festivalgelände erreichten. Die Wiese war bunt gesprenkelt mit Zelten. Über den Klecksen wölbte sich der blaue Himmel.

„Später soll es regnen“, sagte Zora. „Ich hoffe, du hast Gummistiefel dabei?“

„Hab ich nicht!“ Benni streckte seine neuen Turnschuhe in die Luft.

„Cool“, meinte Zora anerkennend.

Henrietta, die in Bennis Hosentasche saß, zwinkerte

ihm zu. „Siehst du!“, flüsterte sie. „Hab ich dich nicht gut beraten?“

Johnnie und seine Freunde entschieden sich, die Zelte in der Mitte aufzustellen. Benni wäre es lieber gewesen, wenn sie sich einen Platz am Waldrand gesucht hätten. Dort war es ruhiger.

Sie warfen ihr Gepäck auf die Wiese und Zora begann, ein Rad zu schlagen. „Meine Knochen sind eingerostet“, rief sie.

Niemand achtete auf die kleine Schildkröte, die über die Wiese krabbelte, an einem Grashalm knabberte und sich neugierig umsah. Irgendwo spielte Musik. „Hast du Ohrstöpsel eingepackt?“ Zora wäre fast auf Henrietta gelandet. „Ach, du süßes Ding!“, lachte sie. „Zeig mal dein Ticket!“
Sie grinste Benni an. „Auf Festivals gibt es nichts, was es nicht gibt. Ich war mal auf einem Konzert, da hatte jemand ein Lama dabei.“
Fast wäre Benni damit herausgeplatzt, dass bei ihm in der Schule alle ihre Tiere mitbrachten! In der Wintersteinschule spielte ein Pinguin auf dem Pausenhof Fußball, während ein Schimpanse die Tafel wischte.
Zora schlug das nächste Rad. „Ich will ein paar Bücher lesen“, rief sie und segelte knapp an einer Zeltschnur vorbei. „Sogar welche für die Schule. Ohne Ohrstöpsel kriege ich nichts auf die Reihe. Ich will ein bisschen Mathe machen, da bin ich nicht besonders gut …“
Benni war froh, dass Henrietta darauf bestanden hatte, drei Comichefte mitzunehmen.

Zora entdeckte das Skateboard in Bennis Tasche. „Oh, cool! Darf ich mal damit fahren?“
„Klar!“, antwortete Benni.
Die Erwachsenen breiteten die Zeltplanen aus. Sie waren eine bunt gemischte Truppe. Fünf Männer, drei Frauen, zwei Kinder.
„Hilfst du mir, Benni?“ Onkel Johnnie schüttelte ein Säckchen mit Heringen aus. Sie waren krumm wie Bananen. „Ich wollte sie zu Hause gerade klopfen, hab’s aber vergessen.“
Benni nickte, obwohl sein Magen knurrte.
Die Musik wurde lauter. Es war ein Wummern und Dröhnen. Besonders schön klang es nicht.
Weil Onkel Johnnie keinen Hammer dabeihatte, ging er zu den Nachbarn, um einen auszuleihen. Es dauerte ewig, bis er zurückkam!
Keiner der Erwachsenen dachte daran, Essen zu besorgen. Mit dem Zeltaufbau ließen sie sich ebenfalls Zeit. Lieber standen sie herum und unterhielten sich. Über Motorräder, Fahrstrecken, Musik.
„Ich glaube, die Erwachsenen kriegen das auch ohne

uns hin“, meinte Zora und betrachtete neugierig die kleine Schildkröte, die gerade versuchte, auf der Wiese ein Rad zu schlagen. Nur leider klappte es nicht: Sie kullerte immer wieder zur Seite.
„So ein verrücktes Ding!“, wunderte sich Zora.
„Es gibt nichts, was es nicht gibt“, grinste Benni.

Benni und Zora beschlossen, das Gelände zu erkunden.
„Ich sag nur schnell meinem Onkel Bescheid“, sagte Benni und zupfte Johnnie am Ärmel. „Ich bin mit Zora unterwegs! Wollen wir einen Treffpunkt ausmachen? In einer Stunde an der Würstchenbude oder so?“
Sein Onkel guckte verwundert. „Aber wieso denn? Du bist doch schon groß! Du bist ein Kerl der Hölle!“ Er drehte sich wieder zu den Nachbarn.
Benni zuckte mit den Schultern. „Wir in unserer Familie machen das so. Außerdem“, fügte er hinzu, „habe ich Hunger!“

Im selben Moment ertönte aus dem Gepäckhaufen ein Lied: „Hurra, hurra, der Lenz ist da!“
Das war Lurchi! Benni musste lachen. Er dachte an seinen Papa. Und an seine Mama. Er freute sich schon auf die Brotzeit, die sie ihm eingepackt hatte. Später würde er Zora dazu einladen.

Sie spazierten zur Bühne. Henrietta linste vergnügt aus der Seitentasche der Lederjacke. „Also, mir gefällt es hier!“, trällerte sie. „Zora ist nett. Das Leder riecht gut. Und das Radschlagen klappt auch schon prima. Ich glaube, ich baue das in unsere Morgengymnastik ein.“
Benni streichelte unauffällig ihr Köpfchen.
Auf der Bühne standen mehrere Musikerinnen und Musiker. Sie husteten in Mikrofone und stimmten ihre Instrumente.
„Ich frag mal nach einem Autogramm“, rief Zora und stapfte die Stufen hoch.
Benni staunte. Er würde sich das nicht trauen!

Zora sprach mit den Musikern. Eine Musikerin griff nach einem dicken Filzstift und schrieb ihren Namen quer über Zoras Unterarm.
Zora hüpfte fröhlich von der Bühne. „Das war die Bassistin von Susu Babbel", verkündete sie. „Die war total entspannt!"
Sie blieben noch eine Weile vor der Bühne stehen und hörten zu, wie die Musiker Akkorde probten und zweistimmige Lieder sangen.
„Machst du öfter mit deiner Tante Urlaub?", wollte Benni wissen.
Zora nickte. „Meine Eltern müssen beide arbeiten." Sie hielt den Unterarm weit von sich gestreckt, damit die Unterschrift der Bassistin trocknen konnte. „Sie haben keine Zeit, um mit mir was zu unternehmen."
„Ist bei mir genauso", antwortete Benni.
Sie gingen weiter. Am Rande des Geländes entdeckten sie bunt bemalte Container. „Keine Lust auf Erwachsenenkram? Komm zu uns!", war auf dem Plakat zu lesen.
Sie stellten sich auf die Zehenspitzen, um durchs

Fenster zu linsen. Mehrere Skateboards hingen an der Wand.

„Genial, ein Skateboard-Workshop!“, rief Zora. „Anscheinend kann man sich die Boards ausleihen.“

„Knutschfahrten!“, las Henrietta. „Und Zauderclub! Nicht übel, gar nicht übel!“

„Kutschfahrten!“, verbesserte Benni. „Und Zauberclub. Was hältst du davon?“

Henrietta war bereits beim nächsten Angebot. „Hennen-Workshop!“ Ihr Köpfchen spitzte frech aus der Seitentasche. „Nein danke!“

„Henna-Workshop“, wiederholte Benni.

„Das ist eine Naturfarbe“, wusste Zora. „Damit kann man Muster auf die Haut malen. Das tut nicht weh, und wenn du dich nicht wäschst, hält es ewig.“

„Ich will ein Herz auf meinem Panzer“, bettelte Henrietta. „Darauf steht: Benni & Henrietta!“

Als sie einen Kinder-Kochkurs entdeckten, begannen ihre Mägen zu knurren.

Zora blickte Benni an. „Hast du auch so großen Hunger?“

Benni klopfte auf seinen Bauch. „Meine Mama hat mir Proviant eingepackt!“, verkündete er.
„Meine auch!“, rief Zora.
„Die Gurken sind für mich!“, meldete sich ein Stimmchen aus der Jackentasche. „Ich zeig euch den Weg!“

Inzwischen waren die Zelte aufgebaut. Das von Benni und Onkel Johnnie stand ziemlich schief.
„Hoffentlich kommt kein Gewitter“, meinte Zora. „Wir picknicken besser bei mir.“
Ihr Zelt sah stabiler aus. Sie schoben die Isomatten zusammen. In der Ecke lag ein kariertes Kissen.
„Ich muss meine Tante jedes Mal überreden, dass ich es mitnehmen darf“, gestand Zora. „Diesmal musste ich einen Kuchen für sie backen.“ Sie lachte. „Das ist es mir wert. Das Kissen ist einfach so bequem!“
Aus der Ferne wummerte Musik.
Benni und Henrietta jubelten, als sie das Essenspaket

öffneten. Es gab gekochte Eier, belegte Brötchen, Gurken, einen Bund Radieschen, jede Menge Müsliriegel und einen halben Butterkuchen, schön in Stücke geschnitten.
Im Paket lag ein Zettel:

Wir denken an dich, Schnuffel! Lass es dir schmecken!
Liebe Grüße
Mama und Papa

Zora grinste. „Oh, lieber Schnuffel!“ Sie knuffte Benni in die Seite.
Mehr sagte sie nicht, wofür Benni sehr dankbar war.
Zora hatte Kekse, Bananen, Brot, Käse und Zwieback dabei. Außerdem Apfelkuchen und eine Flasche Sprühsahne.
„Guck mal“, rief Zora plötzlich. Sie deutete auf die braune Kugel, die neben Bennis Isomatte hockte. „Die Schildkröte von vorhin ist wieder da. Ich glaube, sie mag uns!“
„Da bin ich mir ziemlich sicher!“ Benni steckte

Henrietta ein Radieschen zu. Die Schildkröte biss herzhaft hinein. „Na, wie findest du die Musik?" Er blickte erwartungsvoll in Henriettas Gesicht.
Wumm, wumm, wumm, dröhnte es bis ins Zelt.
Die Schildkröte schüttelte sich.
Zora lachte. „Man könnte meinen, sie versteht dich!"
„Tut sie au…" Benni schlug sich auf den Mund.
„… vermutlich nicht!" Er sah Henrietta erwartungsvoll an. „Oder doch?"
Henrietta reagierte nicht. Sie versteinerte brav.
„Schade", sagte Zora enttäuscht. „Ich hab gelesen, dass es Tiere gibt, die mit Menschen sprechen können. Ich würde so gern mal einem begegnen. Zum Beispiel einem pupsenden Hering! Das wäre doch lustig: Ich liege mit einem Hering in der Badewanne und er pupst mich an: Darf ich an deinen Zehen knabbern?"
Sie stupste Benni in die Seite. „Wollen wir tauschen: Apfelschnitte gegen Butterkuchen?"
Benni nickte. „Klar! Kann ich Sprühsahne haben?"
Zora schob ihm die Flasche hin und Benni spritzte sich einen riesigen Sahneberg auf den Apfelkuchen.

Henrietta seufzte. „Wie schade, dass wir das mit den magischen Tieren nicht erzählen dürfen. Soll ich mal pupsen? Vielleicht freut sich Zora darüber!“ Die kleine Schildkröte strengte sich an. Ihr Kopf wurde rot und roter. Sie versuchte, eine kleine Wolke loszuschicken, aber irgendwie schaffte sie es nicht.

10 Lichter blinken durch die Nacht

Nach dem Picknick beschlossen sie, noch mal zur Bühne zu gehen.

Zora schlüpfte in ihre Gummistiefel, Henrietta linste vergnügt aus ihrem Versteck. Sie mochte die Lederjacke.

„Hier ist das große schwarze Tipi mit der Palmen-Flagge, dort steht das rote Zelt mit den drei Stühlen davor, dann kommt der verrostete Grill“, murmelte Henrietta, während sie sich einen Weg durch die Zeltstadt bahnten.

„Was machst du?“, wunderte sich Benni.
„Ich präge mir den Weg ein“, antwortete Henrietta.
„Es ist doch taghell!“, meinte Benni.
„Sicher ist sicher“, sagte Henrietta.

Musiker mit wilden Locken tanzten über die Bühne. Sie machten eine Musik, an die sich Benni erst einmal gewöhnen musste.
„Das ist Reggae“, wusste Henrietta und wippte mit dem Kopf. „War Bob Marley in Woodstock ebenfalls dabei? Ich glaube nicht!“
„Der Lockenkopf hieß Jimi“, erinnerte sich Benni.
„Gut aufgepasst“, lobte Henrietta.
Irgendwo in der Menge entdeckte Benni Onkel Johnnie. Er wackelte mit Armen, Beinen und sogar mit den Haaren. Immer wieder sprang er in die Luft, stieß die Faust nach oben und rief: „Yeah!“
Benni fand das ein bisschen unheimlich, aber weil die anderen das genauso machten, versuchte er es auch.

Allerdings erwischte er meist die falsche Stelle. Als Henrietta gestand, dass ihr langsam schwindlig wurde, blieb er einfach stehen.

Hinter den Bäumen ging die Sonne unter, am Himmel blinkten silberne Lichter auf. Gehörte das zur Show?

Zora und ihre Tante hüpften ebenfalls im Takt. Nach etwa zehn Liedern verabschiedeten sich die beiden.

„Das war ein langer Tag. Gute Nacht!"

Benni wäre gern mitgegangen, aber Onkel Johnnie legte ihm den Arm um die Schulter. „Gleich kommt mein Lieblingsstück! Super Beat, das musst du hören, Benni!"

Sie hüpften und tanzten und plötzlich überfielen Benni Zweifel, ob er dieses Programm drei Tage durchhalten würde. Er legte den Kopf in den Nacken, am Himmel tanzten grüne und rote Lichter.

Nach zwei weiteren Liedern schaffte es Benni, sich von Onkel Johnnie loszureißen. „Ich leg mich schon mal ins Zelt", brüllte er.

Onkel Johnnie boxte als Antwort mit der Faust in die Luft. Das wertete Benni als: Geht klar!

Die Zelte wirkten wie Ufos, die auf der Erde gelandet waren. Unheimliche Gestalten huschten über den Platz. Waren es Motorradfahrer, die gerade erst angereist waren? Sie trugen silberne Anzüge und Helme auf dem Kopf. Jemand hatte ein goldenes Sakko an. Eine Frau war in einen schwarzen Umhang gehüllt.

„Die müssen nur aufs Klo!“, wisperte Henrietta.

Verloren stolperten sie über das Gelände.

Benni kam der Zeltplatz viel größer vor, als er ihn in Erinnerung hatte. Wieso gab es nirgendwo Lampen oder Wegweiser?

„Grünes Zelt mit blauem Handtuch“, murmelte Henrietta. „Wo bist du?“

Inzwischen saß Henrietta auf Bennis Kopf – wie ein Pirat auf dem Ausguck eines Segelschiffs. Fehlte nur noch, dass sie sich ein Fernrohr vor die Augen presste.

Wo war das rote Zelt mit den drei Stühlen davor?

Der rostige Grill?

Nachts sah alles ganz anders aus.

„Wir wissen nicht einmal, wonach wir fragen können", jammerte Benni. „Wo wohnt Onkel Johnnie?", schlug Henrietta vor. „Ich glaube, wir müssen weiter nach links."

Als Benni nach rechts abbog, tippte Henrietta mit der Vorderpfote gegen Bennis Stirn. „Das andere Links, Benni!"

Benni stapfte weiter – platsch! Er trat in eine große Matschpfütze.
Henrietta tröstete ihn: „Die Schuhe schrubben wir morgen wieder sauber." Die Schildkröte kniff die Augen zusammen. „Ich sehe ein Zelt, das so grün ist wie unseres. Immer geradeaus, Benni!"
Benni stolperte über eine Zeltschnur. „Aua!", schimpfte er.
„Noch zehn Schritte", rief Henrietta. „Gleich sind wir da!"
Tatsächlich, da stand ihr Zelt.
Benni setzte Henrietta auf den Boden, öffnete den Reißverschluss – und erschrak. Da lagen zwei wildfremde Menschen! Und ein großer Rucksack!
„Ich glaube, ich hab mich getäuscht!" Henrietta schnüffelte an der Plane. „Das riecht anders. Außerdem ist das Grün von unserem Zelt ein bisschen dunkler."
Schnell machte Benni den Reißverschluss wieder zu.
„Wir werden niemals unser Zelt finden", stöhnte er.
„Wir werden stundenlang herumirren und ich werde kein bisschen schlafen!"

Henrietta prustete los. „So schlimm ist es auch wieder nicht, Benni! Wir sind zu zweit, uns kann überhaupt nichts passieren!" Sie machte ihren Hals ganz lang. „Sei mal leise!" Sie lauschten in die Nacht.

„Der Lenz ist da", flüsterte Henrietta. „Hörst du es auch?"

Benni schüttelte den Kopf. Musikfetzen drangen an sein Ohr, sonst nichts.

Aber weil Schildkröten besser hören als Menschen, lotste Henrietta Benni sicher durch die Zeltstraßen.

Und plötzlich standen sie vor einem Zelt, das ihrem erstaunlich ähnlich sah!

„Traust du dich, den Reißverschluss aufzumachen?", fragte Henrietta. Benni guckte zum Nachbarzelt. Vor dem Eingang standen Zoras gelbe Gummistiefel. Der Anblick machte ihn sehr glücklich. Erleichtert zog Benni den Reißverschluss auf.

Matte und Schlafsack lagen genau so da, wie er sie am Nachmittag ausgerollt hatte.

„Du bist mein Superheld!" Erleichtert drückte er Henrietta einen Kuss auf die Nase.

„Das ist der Suppenheld!“ Henrietta zeigte auf den grünen Blechfrosch, der unschuldig aus der Reisetasche ragte.

Benni lächelte. „Gute Nacht, Papa“, murmelte er. „Gute Nacht, Mama!“

Er rollte seine Hose zu einem Kissen zusammen und kuschelte sich mit Henrietta in den Schlafsack.

„Gute Nacht, Benni!“, wisperte Henrietta. „Ich liebe Abenteuer. Du auch?“

„Gute Nacht, Henrietta!“, flüsterte Benni zurück. „Abenteuer mag ich nur, wenn du dabei bist! Und das bist du. Zum Glück!“

11

Guten Morgen!

Als Benni aufwachte, war es schon hell.
Neben ihm lag Onkel Johnnie. Er schnarchte.
Wo war Henrietta?
Im selben Moment kitzelte jemand an seinem Bauch.
Dieser Jemand war Henrietta!
„Guten Morgen!“, rief Benni und freute sich.
„Guten Morgen!“, antwortete jemand aus dem Nachbarzelt.
Der Tag fing gut an!
Benni und Henrietta krochen aus dem Schlafsack.

Das Nachbarzelt stand offen. Zora saß im Schneidersitz auf ihrem Kissen und schälte eine Banane. Der zweite Schlafplatz war leer.
„Magst du?“ Sie hielt Benni eine Obsttüte vor die Nase. Er nickte dankbar. „Schau mal, wen ich mitgebracht habe!“ Benni winkte Henrietta herein, die artig vor dem Eingang gewartet hatte. „Ich glaube, sie hat auch Hunger.“
Zora guckte gespannt.
Benni teilte die Banane in zwei Hälften. Ein Stück legte er vor Henriettas Nase. Sie sah ihn treuherzig an.
„Darf ich?“, flüsterte sie.
Benni nickte und Henrietta futterte los.
Zora lachte. „Das ist die süßeste Schildkröte, die ich je gesehen habe. Sag mal, hast du Geld dabei? Unser Essensvorrat schmilzt dahin und auf die Erwachsenen kann man sich kein bisschen verlassen. Wenn sie auf Festivals sind, wollen sie nur ihren Spaß haben.“
Benni dachte an seinen schnarchenden Onkel und nickte. „Meine Eltern haben mir Geld zugesteckt. Außerdem habe ich einen ganzen Berg Müsliriegel in

meiner Tasche. Meine Notration. Wo steckt deine Tante?"

„Sie ist mit ein paar anderen auf dem Motorrad unterwegs!", antwortete Zora. „Nicht mein Ding. Gehen wir später Skateboard fahren?"

„Erst mal habe ich Hunger!", gestand Benni und schielte auf Zoras Tasche, die immer noch gut gefüllt war mit Lebensmitteln.

„Bedien dich!", nickte Zora und zog Zwieback und Joghurt hervor. Sogar zwei Löffel hatte sie dabei!

Benni holte seine Reste vom Vortag.

Während sie frühstückten, erwachte der Zeltplatz zum Leben.

Menschen liefen hin und her, aus Richtung Bühne schallte Musik. Diesmal in erträglicher Lautstärke.

„Die dritte Di…!", rief jemand.

Benni streckte seinen Kopf durch den Eingang. Unterhielten sich da draußen etwa Leute über seine Lieblingssendung?

Die Menschen, die vorbeigingen, sahen allerdings nicht aus wie Fans von Weltraumabenteuern. Sie

hatten Ringe unter den Augen, Beutel unterm Arm und Handtücher über den Schultern. Vermutlich waren sie auf dem Weg zum Waschraum.
Benni kam ins Grübeln. Auf dem Festivalgelände tummelten sich Hunderte von Menschen. Vielleicht war einer davon Fan der „Dritten Dimension"? Vielleicht hatte jemand ein Radio dabei? Es schmerzte ihn sehr, dass er die Sendungen verpasste.
Benni beobachtete staunend eine Frau im silbernen Overall.
Zora zuckte nur mit den Schultern. „Hier laufen jede Menge schräge Vögel herum", meinte sie. „Gestern hab ich einen Mann mit Elchgeweih gesehen."
„Ein Wikinger?", rätselte Benni. Er erinnerte sich an die Leute, die er nachts auf dem Platz entdeckt hatte. Wahrscheinlich hatte Zora recht: Die Leute verkleideten sich gern.
Ein Mann mit Blumengirlande um den Hals schlenderte vorbei.
Zora schnappte sich einen von Bennis Müsliriegeln und riss ihn auf. „Die dritte Dimension, was ist das?"

„In der Sendung düsen Außerirdische mit Raumschiffen durchs All“, erklärte Benni. „Es gibt zwei Völker, die Xenianer und die Ypser. Man muss aufpassen, auf welchem Planeten man landet, denn längst nicht alle laden einen auf eine Tasse Tee ein.“ Er wedelte mit den Händen durch die Luft. „Manche empfangen dich mit galaktischen Glibberkanonen.“

„Echt jetzt?“, kicherte Zora. „Wo haben die denn die Kanonen her?“

„Na, selbst gebaut!“, antwortete Benni eifrig. „Wendy, der Mechaniker, hat eine perfekt eingerichtete Werkstatt mit Eisensägen, Lötkolben und Laserfräsen. Außerdem gibt es Gewächshäuser, da wachsen Ananas. Nicht die, die wir kennen, sondern welche, die sind lila. Das Wasser zum Gießen holen sie von anderen Planeten. Sie sind Lichtjahre entfernt!“

Zora knotete ihre Haare zusammen. „Wieso bauen sie die Gewächshäuser nicht gleich dort?“

„Weil dort Parasiten leben, die krank machen. Und wegen der Kälte natürlich …“ Er redete und redete und Zora hörte aufmerksam zu.

Sie nickte und stellte Zwischenfragen, nur einmal unterbrach sie Benni kurz, weil sie wissen wollte, welchen Joghurt er haben wollte: „Schoko oder Himbeere?"
„Schoko!", rief Benni.
„Himbeere!", rief Henrietta.
„Doch lieber Himbeere!", verbesserte sich Benni.
Er fütterte Henrietta mit dem Löffel, Zora machte große Augen.
„Wem die Schildkröte wohl gehört?", rätselte sie. „Ich werde später mal rumfragen!"
„Benni und ich, wir sind ein Team!", rief Henrietta.
Natürlich wusste sie, dass Zora sie nicht hören konnte, trotzdem musste sie das unbedingt klarstellen.
„Unglaublich, wie zahm sie ist." Zora streckte die Hand aus, um Henrietta vorsichtig zu streicheln. Henrietta ließ es geschehen. „Ach, wäre das schön, wenn es sprechende Tiere gäbe", seufzte Zora. „Bestimmt erzählt sie gerade, welche Musik sie am liebsten mag. Ich schätze mal, sie mag die Beatles!"
„Als Fan von Desaster Area wäre ich längst vorn an der

Bühne“, kicherte Henrietta und wackelte mit dem Panzer, um Zoras Hand abzuschütteln. Sie gehörte immer noch zu Benni!

Benni schnappte sich sein Skateboard und gemeinsam schlenderten sie zu den Containern. Eine junge Frau trat heraus. Auf ihrem T-Shirt klebte ein Aufkleber, darauf stand „Jessica“.
„Hallo, Jessica!“, grüßte Zora. „Wir wollen beim Skateboard-Kurs mitmachen!“
„Dann seid ihr bei mir goldrichtig!“, freute sich Jessica. „Ihr könnt Jessi zu mir sagen!“
Sie warf einen anerkennenden Blick auf Bennis Skateboard. „Was kannst du schon?“
„Äh? Fahren!“, stotterte Benni. Jessi musste wirklich nicht wissen, dass er bei seiner letzten Fahrt fast gegen eine Hauswand gekracht war.
„Ich schaffe ab und zu einen Sprung über die Kante“, berichtete Zora. „Darf ich mir ein Board ausleihen?“

Jessica deutete zum Container. „Nehmt euch Helme, Knie- und Armschoner. Nach dem Festival seid ihr Profis, versprochen!"
Sie marschierten zu einer Straße, die leicht bergab ging.
„Nicht übel, gar nicht übel", murmelte Henrietta voll Vorfreude. „Darf ich hintendrauf mitfahren?"
„Du darfst mich anfeuern!", meinte Benni und hängte seine Jacke so an den Zaun, dass die kleine Schildkröte die Straße gut im Blick hatte.
„Benni! Benni!", rief Henrietta und streckte ihr Köpfchen aus der Tasche.
Die Straße führte in Richtung Wald. Ganz am Ende kam ein steiler Berg.
Jessica zeigte ihnen, wie man das Gleichgewicht behielt und wie man sich gut in die Kurve legte.
Vorsichtig rollten sie die Straße entlang.
Jessica war sehr geduldig. Sie brachte den beiden bei, wie man vor dem Losfahren lässig das Board hochklappte. Klick, klack. Das sah schon mal cool aus!
Sie übten, wie man die Hüfte hin und her bewegte und

wie man sicher absprang. In Schlangenlinien kurvten sie die Straße hinab und jubelten, als sie einen Sprung über ein kleines Hindernis schafften. Jessi legte dazu ein Brett über zwei Eimer. Benni sprang hoch, das Board rollte unten durch, hinten sprang Benni wieder drauf.

Irgendwann tippte Jessica auf die Uhr und rief: „Schluss für heute!"

Drei Stunden waren wie im Flug vergangen!

Benni erschrak. Bestimmt suchte Onkel Johnnie längst nach ihm!

Und Henrietta hatte er auch vergessen! Oje!

Mit schlechtem Gewissen rannte er zu dem Zaun, an dem er die Lederjacke aufgehängt hatte.

Henrietta saß im Gras und knabberte an einem Gänseblümchen. „Entschuldigung, liebste Henrietta!" Benni ging in die Knie und streichelte ihr Köpfchen. „Ich hab die Zeit vergessen. Bist du aus der Seitentasche gehüpft?"

Henrietta krabbelte auf Bennis Hand. „Kein Problem, Benni. Du wirst nicht glauben, was ich erlebt habe!"

Ihr Stimmchen klang aufgeregt. „Ich habe eine Knutschfahrt gemacht!"
Bennis Augen wurden kugelrund. „Eine Knutschfahrt?" Im selben Moment dämmerte ihm, was Henrietta meinte: Sie hatte eine Kutschfahrt gemacht! So stand es auf dem Plakat mit dem Kinderprogramm!
„Die Kutsche hielt genau vor der Lederjacke." Henrietta zwinkerte Benni zu. „Ich musste nur einen kleinen Hechtsprung machen."
Benni lachte. „Du hast doch hoffentlich nicht mit fremden Jungs rumgeknutscht?", fragte er.
„Erzähl ich dir später", kicherte Henrietta.
Im selben Moment kamen nämlich Jessica und Zora.
„Ich bin mit Tante Tanja am Thai-Imbiss verabredet", sagte Zora. „Magst du mitkommen?"
Benni schüttelte den Kopf. Erstens wollte er Henriettas Geschichte hören. Zweitens wollte er Onkel Johnnie vom Workshop erzählen und mit ihm Mittag essen.
Henrietta nickte eifrig. „Bestimmt brutzeln die Kerle der Hölle gerade Steaks über dem Feuer!"
„Lecker!" Benni rieb sich den Bauch.

12 Henriettas Knutschfahrt

Onkel Johnnie trug die ausgewaschene Jeans vom Vortag, in der er vermutlich auch geschlafen hatte. In der Hand hielt er eine Tasse mit brauner Brühe, die er sich am Nachbarzelt geschnorrt hatte. Es sah nicht so aus, als hätte er Benni groß vermisst.

„Guten Morgen!“, begrüßte er ihn. „Das ist Benni, mein Neffe!“

Die Zeltnachbarn nickten Benni zu, sie wirkten ebenfalls noch ziemlich verschlafen.

„Magst du Kaffee?“, fragte Onkel Johnnie.

„Lieber wäre mir ein Mittagessen!“, antwortete Benni. Immerhin war es fast 14 Uhr!
Onkel Johnnie winkte ab. „Das machen wir später.“
„Später“, seufzte Henrietta. „Ich hätte mehr Klee futtern sollen. Aber ich hatte ja keine Zeit.“ Ihr entwischte ein Grinsen. „Ich musste knutschen!“
Während die Erwachsenen Kaffee tranken, verschwanden Benni und Henrietta im Zelt. Benni wollte mehr von Henriettas großem Abenteuer erfahren!
Sie lehnten sich an Bennis Reisetasche und Henrietta begann zu erzählen: „Während du auf dem Skateboard herumgeeiert bist, saß ich in meiner Lederhöhle und guckte nach draußen.“ Sie stupste Lurchi an. Der Frosch hockte auf der Isomatte und machte keinen Mucks.
„Plötzlich hörte ich ein lautes Brummen“, fuhr Henrietta fort. „Das waren Lastwagen. Sie rollten in Richtung Wald. Nicht auf der Straße, auf der du und Zora trainiert habt, sondern auf einer anderen, die breiter war.“

„Wie konntest du das denn sehen?“, staunte Benni. „Übrigens: Ich bin nicht geeiert!“
„Bist du eben doch!“, kicherte Henrietta und setzte eine wichtige Miene auf. „Trick 17! Ich habe mein Gewicht verlagert!“ Sie führte kurz vor, wie sie ihren Panzer nach links und nach rechts geschleudert hatte. „Wackel, wackel, wackel, schon hing die Jacke andersherum und ich konnte lesen, was auf den Lastwagen stand.“ Henrietta machte eine bedeutungsvolle Pause.
„Und?“, fragte Benni.
„Da stand: Weltraumabenteuer – schweben Sie mit uns in eine neue Galaxie!“
Lurchi zerstörte den feierlichen Moment, indem er plötzlich „Hurra, hurra, der Lenz ist da!“ sang.
„Da stand WAS?“ Benni überlegte fieberhaft, welchen Lesefehler Henrietta diesmal gemacht haben könnte. „Stand da nicht Waschraumabenteuer?“, schlug er vor. Das kam ihm logisch vor: Bestimmt hatten die Lastwagen zusätzliche Toiletten oder Waschcontainer gebracht. Oder die alten ausgetauscht.

Henrietta schüttelt entrüstet den Kopf. „Das waren keine Klohäuschen! Das waren silberne Boxen! Die haben sie später im Kreis aufgestellt, mitten im Wald."
Benni kratzte sich am Kopf. „Wieso weißt du so gut Bescheid?"
„Ich war doch auf der Knutschfahrt!" Die kleine Schildkröte strahlte Benni an. „Hör mir doch einfach mal zu ..." Henrietta kroch auf Bennis Schoß. „Du warst vielleicht eine Stunde weg, als genau vor dem Zaun eine Kutsche hielt. Auf dem Kutschbock saßen ein großer Junge und ein großes Mädchen, hinten stiegen vier Kinder ein. Mir war langweilig, also bin ich reingehüpft." Sie gähnte theatralisch. „Die Großen haben übrigens wirklich geknutscht!" Die kleine Schildkröte krabbelte hoch zu Bennis Schulter, stellte sich auf die Hinterpfoten – und gab Benni einen dicken Schmatz auf die Wange. „Ick liebe dich!" Sie sah ihn treuherzig an.
Benni lächelte glücklich. „Ick liebe dich auch!", antwortete er.
„Wir fuhren durch den Wald und kamen zu einer

Lichtung." Henrietta sprang zurück auf den Boden.
„Dort waren eine Menge Leute mit silbernen Overalls. Manche trugen einen Umhang mit hochgestelltem Kragen. Sie hatten Antennen auf dem Kopf!"
„Der Putztrupp", kombinierte Benni. „Über die Antennen bekommen sie Befehle von ihrem Chef."
Henrietta schaute Benni tadelnd an. „Ich wette, damit empfangen sie Nachrichten aus der Milchstraße. Schade, dass du nicht dabei warst. Hast du eigentlich auch geknutscht?"
Benni atmete tief durch. „Hab ich natürlich nicht!", rief er. „Wie ging dein Waschraumabenteuer weiter?"
„Weltraumabenteuer", verbesserte Henrietta.
„Weltraum! Die Menschen in den Overalls haben komische Zeichen auf die Wiese gemalt. Und dann …"
Die kleine Schildkröte stoppte.
„Und dann?", fragte Benni.
„Dann sind wir leider weitergaloppiert", antwortete Henrietta traurig. „Ich konnte nichts mehr sehen. Nur noch hören. Da war eine Melodie, die klang ein bisschen wie …"

Im selben Moment steckte Onkel Johnnie den Kopf ins Zelt.
„Warst du beim Skateboard-Workshop?“ Er schnappte sich Bennis Board. „Zeigst du mir, was du gelernt hast?“
„Ein Würstchen wäre mir lieber!“, antwortete Benni wahrheitsgemäß. „Ein Würstchen!“ Onkel Johnnie lachte. „Geht klar. Hab ich dir eigentlich erzählt, dass ich früher auch Skateboard gefahren bin?“ Er packte Benni am Arm und zog ihn aus dem Zelt.
„Einmal den Berg runter und dann nichts wie ab zur Würstchenbude!“, rief Henrietta und kletterte in Bennis Hosentasche.

Benni wollte Knie- und Armschützer anziehen, aber der Onkel winkte ab. „Das ist was für Babys! Der Helm reicht!“
Benni klappte lässig das Brett hoch. Je schneller er fertig war, umso schneller gab es was zu futtern!

Eimer und Brett lagen noch im Gras, Benni stellte das Hindernis auf. „Bitte, bitte", murmelte er. „Ich will es schaffen. Onkel Johnnie soll mich nicht für einen Schluffi halten!"

Er nahm das Hindernis ins Visier und gab Gas.

Henrietta sah von der Wiese aus zu. „Benni, mein Superheld!" Sie winkte mit einem Gänseblümchen. „Zeig, was du kannst!"

Benni rollte den Berg hinab, sprang einen Moment zu früh ab – und landete trotzdem sicher auf dem Brett.

„King Benni!", jubelte Henrietta und warf das Blümchen in die Luft.

Onkel Johnnie streckte den Daumen hoch. „Cool! Und jetzt in Kurven den großen Berg runter!"

Er deutete die Straße entlang, die steil nach unten ging.

Benni protestierte. „So weit bin ich noch nicht!"

Onkel Johnnie schüttelte den Kopf. „Wann hab ich dir das Skateboard geschenkt? Ostern? Da solltest du aber schon ein paar Tricks draufhaben!"

„Hat er ja", rief Henrietta. Um Johnnie abzulenken,

kletterte sie auf Bennis Skateboard. „Und jetzt wir beide zusammen!“ Sie klammerte sich an Bennis Hosenbein fest.
Gemeinsam rollten sie die Straße entlang.
„Sieht das süß aus!“, riefen zwei Mädchen, die zufällig vorbeispazierten.
„Süß!“, knurrte Onkel Johnnie. „Als ob es darauf ankäme! Ein echter Kerl der Hölle zeigt, dass er Mumm hat!“ Er schnappte sich Bennis Brett. „Dass du immer noch dieses Kuscheltier mit dir rumschleppst … Coolsein geht anders! Ich zeig dir, wie man das macht!“
Onkel Johnnie fuhr los. „Ziel ist der große Busch da unten!“, rief er über die Schulter.
In halsbrecherischem Tempo jagte Onkel Johnnie den steilen Berg hinab. Das Brett rollte unter ihm weg, aber irgendwie schaffte es Onkel Johnnie, so durch die Luft zu hechten, dass er eine Sekunde später wieder auf dem Brett stand. Sein Sprung sah viel spektakulärer aus als der von Benni. Onkel Johnnie ging in die Knie, breitete die Arme aus wie ein Skispringer – und

erreichte den großen Busch. Triumphierend blickte er sich um.
„Er ist ein Superheld!“ Henrietta war genauso beeindruckt wie Benni. „Schreib das auf die Postkarte.“
Onkel Johnnie stapfte zurück und stellte das Skateboard genau vor Bennis Füßen ab. „So schwer ist das gar nicht!“ Er nickte Benni aufmunternd zu. „Versuch es! Wenn du unten bist, gibt's Würstchen!“
„Tu es nicht!“, warnte Henrietta.
Benni blickte zu dem großen Busch: Wie lange dauerte die Fahrt? Höchstens fünf Sekunden!
Nur fünf Sekunden trennten ihn von seinem Mittagessen!
„Einmal im Leben will ich mutig sein!“, murmelte er und stieg aufs Board.
„Nein!“, rief Henrietta voller Panik.
„Wenn ich zu schnell werde, springe ich ab“, versprach Benni.
„Zieh wenigstens die Arm- und Beinschoner an!“, wimmerte Henrietta, krank vor Sorge. Sie stellte sich

quer vor das Board – damit Benni nicht losfahren konnte. War ihr doch egal, was Superheld Johnnie dachte!

Benni hatte keine Wahl. Er stieg ab, um sich die Schoner überzuziehen.

Und los ging die wilde Fahrt!

Der Berg war steil, er gab ordentlich Gummi. Eine Sekunde, zwei Sekunden … Der Fahrtwind trieb Benni die Tränen in die Augen. Wo war der Busch? Weiter, er musste weiter!

Mit Karacho sauste Benni die Straße hinab. Drei Sekunden, vier Sekunden …

„Bremsen!", japste Henrietta und hielt sich vor Schreck die Pfoten vor die Augen.

Die Warnung kam zu spät.

Das Skateboard rammte einen Stein. Benni knallte auf die Straße.

„Benni!", schrie Henrietta und trippelte, so schnell sie

konnte, zu ihrem
allerbesten Freund. „Bist du
verletzt?"
Henrietta war nicht besonders schnell. Aber immer
noch schneller als Onkel Johnnie.

Der blickte nämlich gerade zwei Motorradfahrern hinterher, die sich in der Ferne ein Wettrennen lieferten.
„Du hast überhaupt nicht geguckt!", brüllte Benni. Alles tat weh.
„Du bist ansprechbar", flüsterte Henrietta erleichtert. „Aber dein Unterarm blutet."
Die Schildkröte schüttelte sich und Benni schniefte. Immerhin: Die Schoner an Armen und Beinen hatten ihn vor schlimmeren Verletzungen bewahrt.
„Benni!" Henrietta stupste ihn vorsichtig an. „Kannst du aufstehen? Du siehst schrecklich aus!"
Jetzt war auch Onkel Johnnie da. „Klar hab ich geguckt", log er und streckte Benni die Hand entgegen. Benni rappelte sich auf. Er warf seinem Onkel einen wütenden Blick zu.
Der legte beschwichtigend den Arm um Bennis Schulter. „Das sah ziemlich gut aus", versicherte Onkel Johnnie. „Bis auf den Schluss! Hast du dir sehr wehgetan? Das wird schon wieder! Wir Kerle der Hölle sind hart im Nehmen."

Benni schossen die Tränen in die Augen. „Ich will Würstchen!", schrie er. „Ich hab Hunger!"

„Ist ja gut", antwortete Onkel Johnnie.

Langsam hinkte Benni den Berg hinauf. Er zitterte vor Wut, Schmerz und Ärger.

„Armer Benni", tröstete Henrietta.

Am Imbissstand durfte Benni so viele Würstchen essen, wie er wollte.

Er schaffte zehn.

13 Schildkröte mit Gänseblümchen

Onkel Johnnie ließ sich ins Gras fallen. „Der Berg war echt steil, sorry", gab er zu. „Ich war mir sicher, du kannst das. Als ich in deinem Alter war …"

Benni schloss die Augen und Onkel Johnnie kapierte, dass es besser war, nicht weiter von seinen jugendlichen Heldentaten zu berichten.

Sie lagen vor dem Zelt. Von Zora und ihrer Tante fehlte jede Spur.

„Also, als ich in deinem Alter war", mischte sich Henrietta ins Gespräch. „Da gab es weder Skateboards noch Motorräder. Aber es gab Seifenkisten! Ein berühmtes Rennen fand in Monte Carlo statt. Zwölf Mannschaften gingen an den Start. Plötzlich fiel im Team 7 ein wichtiger Mann aus. Und wisst ihr, was ich gemacht habe? Ich hab mich in die Seifenkiste geschmuggelt und trat volle Kanne in die Pedale!“ Die kleine Schildkröte machte eine energische Bewegung mit der rechten Vorderpfote. „Ich geb Gas, ich geb Gas! Und wer hat gewonnen? Team 7 natürlich!“ Sie zwinkerte Benni zu und sofort fühlte er sich besser. Er war sich ziemlich sicher, dass Henrietta mal wieder flunkerte, aber die Geschichte war einfach zu schön …

Benni hoffte auf einen entspannten Nachmittag, doch Onkel Johnnie hatte andere Pläne.
„Ich hab mir Tipps geben lassen“, verkündete er. „Ich weiß genau, was Jungs in deinem Alter toll finden!“ Er boxte Benni in die Seite. „Schließlich habe ich deiner Mutter versprochen, mich gut um dich zu kümmern.“

Benni verschränkte die Hände hinter dem Kopf.
„Also, von mir aus könnten wir einfach im Gras liegen bleiben und lesen“, schlug er vor. „Ich hab Comics dabei!“
„Nein, nein“, lachte Onkel Johnnie. „Ich hab das perfekte Programm zusammengestellt. Erst holst du dir ein Autogramm von Silver Prinz, dem Star des Festivals. Dann schauen wir im Tattoo-Studio vorbei und später …“ Onkel Johnnie tat jetzt besonders geheimnisvoll. „… habe ich eine große Überraschung für dich!“
Benni stöhnte. Nicht schon wieder!
Onkel Johnnie hakte Benni unter und zog ihn zur Bühne. Ein Mann mit Glitzerhemd saß auf einer umgedrehten Limokiste und telefonierte.
„Das ist Silver Prinz“, raunte Onkel Johnnie Benni zu. „Der Sänger der Dröhnenden Landstraßen! Ein Superstar!“
Zwei Lieferwagen parkten neben der Bühne.
„Guck mal, der Fischhändler ist auch wieder da“, rief Henrietta, die wieder ihren Stammplatz eingenommen

hatte. Sie saß in der Seitentasche von Bennis Lederjacke. „Fisch und witzig!"

„Frisch und spritzig", verbesserte Benni lahm.

Zwei Mitarbeiter der Firma „Frisch und spritzig" schleppten Kästen auf die Bühne.

„Ich hab einen genialen Plan!" Onkel Johnnies Augen blitzten. „Wir tun so, als gehörten wir zur Firma. Wenn wir auf der Bühne stehen, bittest du um ein Autogramm. Deine Freunde werden staunen."

Niemand aus der Klasse kannte Silver Prinz, da war sich Benni ziemlich sicher.

Sein Onkel schnappte sich eine Getränkekiste. „Jetzt komm schon! Das wird lustig!"

Die Männer schienen nichts dagegen zu haben, dass jemand beim Tragen half.

Seufzend griff Benni nach einer Tüte Eiswürfel, die auf der Ladefläche lag. Die war wenigstens nicht so schwer wie eine Kiste Cola.

Auf der Bühne standen mehrere Gitarren, ein Bandmitglied baute ein Schlagzeug auf.

„So nah kommt man selten an die ran", raunte Onkel

Johnnie Benni zu. Benni stand wie festgeklebt am Bühnenrand. „Ich stör ihn doch nicht beim Telefonieren."

„Ach was ..." Onkel Johnnie schob Benni ein Stück nach vorn. „Für seine Fans macht Silver Prinz alles. Er freut sich, wetten?"

„Ich bin kein Fan", murmelte Benni.

Im selben Moment hob der Sänger den Kopf. „Wo sind meine Eiswürfel?"

Er schwenkte einen Pappbecher durch die Luft. „Die Tourdaten habe ich nicht im Kopf", rief er in den Hörer. „Fragen Sie meine Managerin. Wo bleibt das Eis?" Er legte das Handy weg, blickte Benni an und hielt ihm den Becher vor die Nase.

Hektisch riss Benni die Tüte auf, die Hälfte des Inhalts fiel auf den Boden.

Die andere Hälfte schüttete er in den Becher des Sängers. Der Becher war aber viel zu klein für die riesige Menge an Eiswürfeln!

Fast alle Würfel plumpsten auf den Boden.

Silver Prinz begann zu grinsen.

„Was war das denn für eine Nummer!“ Onkel Johnnie grinste ebenfalls. „Jetzt frag endlich!“
Benni brachte kein Wort heraus. Er wollte kein Autogramm!
„Kann ich bitte ein Autogramm haben?“, half Onkel Johnnie.
„Kann ich bitte kein Autogramm haben?“, stotterte Benni.
Der Mann auf der Limokiste lachte.
Dann griff er nach hinten ins Leere und gab Benni – nichts!
„Hier hast du kein Autogramm“, grinste Silver Prinz. „Und ich hätte bitte beim nächsten Mal keine Eiswürfel!“ Er holte sich eine Cola aus dem Kasten und hebelte sie mit einer Gabel auf. „Willst du auch eine?“, fragte er Benni.
Bennis Backen glühten. „Danke schön!“, stieß er hervor und stürzte von der Bühne. Im selben Moment merkte er, dass auch das völlig daneben war. Wofür sollte er sich bedanken? Er hatte ja nichts bekommen!
„Dein Abgang war jetzt nicht so cool ...“ Onkel

Johnnie zerrte seinen Neffen zu einer Holzhütte, auf der „Tattoo-Studio“ stand.
„Also, ich hätte auch keine Cola gewollt!“ Henrietta rollte mit den Augen. „Und ein Autogramm brauche ich auch nicht. Was soll daran cool sein?“
Benni grübelte. Irgendwie hatte Henrietta recht. Sollte er tun, was Onkel Johnnie wollte? Oder besser protestieren?
„Erst mal abwarten“, beschloss er. Er wusste ja nicht mal genau, was ein Tattoo eigentlich war. Ein Rubbelbild, das man auf den Arm kleben konnte?

Auf einem Tisch lag eine Mappe mit Vorlagen. Onkel Johnnie blätterte sie durch. „Wie wäre es mit einem Anker oder einem Blitz?“, fragte er Benni. „Oder magst du lieber eine Meerjungfrau?“
Benni schüttelte den Kopf. „Hast du das auch mit meiner Mama abgesprochen?“, fragte er trotzig.
Sein Onkel tat so, als hätte er die Frage überhört.

Ein Mann tauchte auf. Sein halbes Gesicht war mit Ornamenten bedeckt. Die sahen ein bisschen aus wie die Mandalas, die manchmal beim Kinderarzt herumlagen. Aber die Kringel und Kreise verliefen rund um das linke Auge!
Benni schüttelte sich. Er wollte keine Tätowierung! Nicht einmal ein klitzekleines Schwert auf seinem Knöchel.
Henrietta spürte, dass Benni Hilfe brauchte. „Was hat Zora von den Hennen erzählt?“ Sie hüpfte aus der Tasche. „Wie war das beim Kinderprogramm?“
Eine Welle der Erleichterung strömte durch Bennis Körper. „Das ist die Lösung!“, flüsterte er. „Zora hat uns erklärt, was Henna ist! Eine Naturfarbe, die aussieht wie eine Tätowierung, aber keine ist. Danke, Henrietta!“ Benni holte tief Luft. „Arbeiten Sie auch mit Henna?“, fragte er den Tätowierer.
„Aber sicher“, antwortete der Mann. Während er sprach, verschoben sich die Muster in seinem Gesicht. Das sah wirklich gruselig aus! „Was willst du, mein Junge?“

Benni tippte mit dem Zeigefinger auf eine Rakete. Henrietta nickte eifrig. „Gute Wahl!“

Der Tattoo-Mann rührte Farbe an und machte sich an die Arbeit. Es machte Spaß, ihm dabei zuzusehen, wie er die Farbe in eine Tube füllte und damit zeichnete, als wäre sie ein Stift.

Es kitzelte nur ein bisschen auf Bennis Oberarm. Die Rakete mit Feuerstrahl war der Hammer!

Benni hatte noch einen Wunsch: „Bitte schreiben Sie daneben: Die dritte Dimension!“

Das machte der Mann. „Gut trocknen lassen!“, riet er Benni, als er fertig war. „Und nicht waschen. Dann hält das vier Wochen.“

„Darf ich auch eins haben?“, bettelte Henrietta. „Ich will ein Gänseblümchen auf meinem Panzer!“

Benni drehte sich um. Sein Onkel stand vor der Hütte und unterhielt sich mit zwei anderen Kerlen der Hölle, die zufällig vorbeigekommen waren.

Vorsichtig setzte Benni die Schildkröte auf die Theke. „Können Sie mein Haustier auch verzieren?“, fragte er. „Mit einer Blume?“

Der Mann lachte. „Das hab ich noch nie gemacht", brummte er. „Aber warum nicht? Ich versuch's!"
Und tatsächlich: Die dunkelrote Farbe sah super aus auf Henriettas Panzer!
Der Mann machte ein Foto. „Das klebe ich in meine Mappe", sagte er zufrieden. „Schildkröte mit Gänseblümchen! Das hat sonst keiner!"
Als Benni nach draußen trat und stolz seine Rakete zeigte, war Onkel Johnnie sehr zufrieden.
„Krass", lobte er. „Auf zur nächsten Station! Auf zum Bungee-Jumping."
„Bungee-WAS?", fragte Benni und hakte sich bei seinem Onkel ein. Mit dem Tattoo auf dem Arm fühlte er sich gleich ein bisschen stärker. Hatten sie das nicht gut hingekriegt, Henrietta und er? Zusammen würden sie auch Onkel Johnnies Überraschung meistern!
Henrietta wusste immerhin, dass „Jumping" englisch war und „Springen" bedeutete. „Vielleicht hüpfen wir eine Runde Trampolin?"
Sie holten ihre Helme und marschierten zu den Maschinen. Onkel Johnnie ließ den Motor an.

14 Drei Superhelden unterwegs

Onkel Johnnie stellte das Motorrad vor einem Kassenhäuschen ab.

War das hier ein Wanderparkplatz? Alles wirkte ruhig und friedlich. Benni zog Henrietta aus seinem Hosenbund. Jetzt konnte seine Gefährtin alles sehen. Er war gespannt, was ihn erwartete. Bungee-wie-hieß-das-noch-mal? Vielleicht wurde es ja doch noch lustig. Über eine Sache jedoch wunderte sich Benni: Wieso machte Henrietta keinen Mucks?

Hatte sie mehr Ahnung als er?

So war es.
Während der Motorradfahrt war Henrietta eingefallen, dass sie sehr wohl wusste, was Bungee-Jumping war. Sie hatte Fotos in einer Zeitschrift gesehen.
Mutige Männer, Frauen und Jugendliche stürzten sich 50, 100 oder noch mehr Meter in die Tiefe. Gesichert waren sie mit einem Seil. Besonders erstaunlich fand Henrietta, dass die Menschen das freiwillig machten und sogar Geld dafür bezahlten. Manche ließen sich von Türmen oder Felsen fallen. Sogar Sprünge von der Golden Gate Bridge in San Francisco oder vom Eiffelturm in Paris hatte es schon gegeben.
Henrietta wurde flau im Magen.
Die Fotos, die an der Fensterscheibe des Kassenhäuschens klebten, wirkten harmlos.
Auf dem ersten Bild wanderten Erwachsene und ihre Kinder Hand in Hand einen Feldweg entlang.
Auf dem zweiten saßen fröhliche Menschen im Gras und machten ein Picknick. Im Hintergrund war ein Kran zu sehen.
Auf dem dritten Bild schlüpften Frauen in greller

Sportkleidung in einen Klettergurt. „Grenzen überwinden“, stand daneben.
Henrietta bekam Schluckauf vor Verzweiflung.
„Mannomann“, flüsterte Benni. Langsam dämmerte ihm, was ihn erwartete.
Auf dem vierten Bild segelte ein Mann mit ausgebreiteten Armen einem Abgrund entgegen.
„Lieber fahre ich mit dem Skateboard die Zugspitze runter!“, murmelte Benni.
Onkel Johnnie ging in das Häuschen, um zwei Tickets zu kaufen. Als er zurückkam, raunte er Benni zu: „Ich hab mich als dein Vater ausgegeben und dich ein bisschen älter gemacht. Lass also das Onkel weg, wenn du mich ansprichst.“
„Geht klar, Johnnie“, stotterte Benni. Seine Gedanken rasten. Was sollte er nur machen? Er blickte zu seiner kleinen Schildkröte. Auch Henrietta war das reinste Nervenbündel!
Sie marschierten zu einem See, an dessen Ufer ein Kran stand. Ein Aufzug brachte sie hinauf auf eine Plattform.

Benni beugte sich übers Geländer. Ihm wurde übel. Wie viele Würstchen hatte er nachmittags gegessen? Zehn!
Viel zu viele!
Kleine Figuren zappelten an einem Seil. Sie jauchzten und baumelten hin und her, als wären sie auf einem Kinderspielplatz. Manche tauchten sogar mit dem Kopf ins Wasser ein.
Das Seil war an ihren Fußgelenken befestigt. „Es ist aus Gummi und bombenfest", versicherte der Mitarbeiter, der sie betreute. „Ich bin übrigens Kurti."
Bei jeder Bewegung stießen die Figuren Jubelschreie aus. Arme und Beine drehten sich in alle vier Himmelsrichtungen.
Onkel Johnnie knuffte Benni in die Seite. „Das wird stark! Willst du mit Eintauchen oder ohne?"
„Ohne!", stammelte Benni.
Kurti reichte Benni einen Gurt. „Zieh die Lederjacke aus", riet er. „Dein Kuscheltier lässt du auch besser hier!" Er deutete auf Bennis Seitentasche, die eine dicke Beule hatte.

„Die Schildkröte ist meine Glücksbringerin!“, protestierte er.
War sie das wirklich?
Benni setzte Henrietta auf seine Handfläche und blickte ihr tief in die Augen. Wie klein sie aussah! Und wie verzagt! So hatte er Henrietta noch nie erlebt.
„Ich bleibe bei dir, Benni“, flüsterte Henrietta. „Wir ziehen das gemeinsam durch. Ich lass dich nicht allein. Niemals!“
„Sollen wir springen? Bist du dir ganz, ganz sicher?“
Benni fragte noch zweimal nach. Henrietta nickte zweimal.
Also steckte Benni Henrietta in die Seitentasche seiner Hose und schloss sorgfältig alle Knöpfe. Nur noch das Köpfchen lugte heraus.
Selbst bei einem Salto würde Henrietta nichts passieren.
In seinem Kopf blitzten zwei Warnschilder auf. „Mach das nicht!“, stand auf dem einen. „Du darfst deinen Onkel nicht enttäuschen!“, auf dem anderen.
Kurti hakte die Karabiner ein.

„Ich zähle langsam rückwärts“, kündigte er an. „Bei null lässt du dich nach vorne fallen.“
Onkel Johnnie streckte den Daumen hoch. „Mein Sohn macht das zum ersten Mal.“
Benni warf ihm einen bösen Blick zu. Sein echter Papa würde ihn nicht zu solchen Mutproben zwingen!
„Freu dich“, lachte Kurti. „Das erste Mal ist das beste!“
Benni atmete tief durch.
„Wir schaffen das“, flüsterte Henrietta durch die Stoffritze.
Kurti begann zu zählen. „10, 9, 8 …“
„Das ist wie bei einem Raketenstart“, murmelte Henrietta. „Ab ins Weltall!“
„… 7, 6, 5!“
Benni tastete nach Henrietta. Der kleine Schildkrötenkörper bebte vor Angst.
Und plötzlich hörte er ein leises Wimmern.
Henrietta weinte!
Das gab ihm den Rest.
Benni trat einen Schritt zurück.
„Was soll der Quatsch!“, stieß er wütend hervor. „Wer

springen will, soll springen. Wer keine Lust hat, der lässt es sein. So einfach ist das!“

Er löste seine Fußfesseln und schlüpfte aus dem Gurt. „Du kannst ruhig weiterzählen“, fauchte er Kurti an. „Oder nein, ich mach das gleich selber.“ Die beiden Erwachsenen rissen die Augen auf, als Benni losbrüllte: „4, 3, 2, 1, 0! Ich bin eine Null! Hört ihr mich? Ich kann das nicht! Ich bin nicht so mutig wie ihr alle. Und wisst ihr was: Es ist mir egal!“ Er schnappte sich seine Lederjacke und stapfte Stufe um Stufe den Kran hinab.

Unten angekommen, holte er Henrietta aus der Hosentasche. Ihre Augen standen voller Wasser.

„Benni“, wimmerte Henrietta. „Das war so tapfer von dir!“

„Johnnie kann mich mal!“ Zornig ballte Benni die Fäuste, dann ließ er sich ins Gras plumpsen. „Du bist mir viel wichtiger.“

Er wischte Henrietta die Tränen aus dem Gesicht und presste seine allerliebste und allerbeste Freundin fest an seine Brust.

Langsam beruhigte sich der Puls der kleinen Schildkröte und auch Benni hörte auf zu keuchen.
Nach einer Weile riskierten die beiden noch mal einen Blick zum Kran.
Und stellten überrascht fest, dass Onkel Johnnie noch nicht gesprungen war!
Er stand auf der Plattform und starrte nach unten.
„Kann es sein, dass er ein bisschen Angst hat?", wisperte Henrietta.
Benni schüttelte verblüfft den Kopf. „Tatsächlich … er geht einen Schritt zurück!"
Staunend sahen sie zu, wie Johnnie den Betreuer in ein Gespräch verwickelte.
Und was machte Kurti? Er schob Johnnie nach vorne.
„10, 9, 8, 7!", sagte Henrietta.
Kurti legte unauffällig die Hand auf Johnnies Rücken.
„6, 5, 4!", flüsterte Benni.
Johnnie schlenkerte unbeholfen mit den Händen.
„3, 2, 1, 0!", riefen beide zusammen.
Kurti half mit einer kleinen Bewegung und Johnnie plumpste laut schreiend in die Tiefe.

Das Seil schnalzte auf und ab.
„Noch eine Runde!“, rief Kurti von oben und zwang Onkel Johnnie zu einem Luftpurzelbaum. Bei den Leuten zuvor hatte es wie Zirkusakrobatik ausgesehen. Bei Johnnie wirkte es wie eine misslungene Turnübung.
Er wippte auf und ab, dann verlor das Seil an Spannung. Es baumelte aus.
Ein Schlauchboot tuckerte heran und brachte Onkel Johnnie zum Ufer.
Konnte es sein, dass der Onkel ein bisschen grün im Gesicht war?
„Geht's, Papa?“, fragte Benni unschuldig und streckte ihm die Hand entgegen. Henrietta kicherte.
Bennis Onkel kletterte an Land. Seine Knie zitterten.
Kurti meldete sich von oben. „Alles klar bei euch? Wie war's?“
„Es war ...“ Onkel Johnnie suchte nach passenden Worten.
„... atemberaubend?“, halfen die Menschen im Boot.
„Atemberaubend“, nickte Onkel Johnnie.

„Johnnie, du kannst noch mal springen!“, ertönte Kurtis Stimme durch einen Lautsprecher. „Dein Sohn hat ja sein Ticket nicht eingelöst.“

„Nein danke“, sagte Onkel Johnnie.

15 Umzug ins Nachbarzelt

Auf dem Heimweg fuhr Johnnie langsam und legte sich nicht so schnittig in die Kurve wie sonst.
„Morgen lassen wir es ruhiger angehen“, versprach er, als sie zwischendurch eine Pause einlegten. Johnnie war noch immer ziemlich blass um die Nase. „Wir schlafen aus, gehen zusammen frühstücken und dann spielen wir vielleicht Karten …“
Am Zeltplatz angekommen, wünschte Benni sich nichts mehr als eine heiße Dusche.
Er warf die Lederjacke auf den Zeltboden, schnappte

sich Henrietta und ein Handtuch und zog los zu den Waschräumen.

Doch als er die Kabine betrat, schluckte er. Der Boden war total dreckig.

Hinter der nächsten Tür sah es besser aus – allerdings kam kein Wasser aus dem Hahn!

„Dann eben nicht!", knurrte er.

Draußen stieß er auf Zora, die seine Not sofort erkannte. „Ich weiß, welche Kabine gerade geputzt wurde!" Sie zog ihn um die Ecke.

„Danke!", sagte Benni erleichtert und drehte den Hahn auf. Heißes Wasser strömte über seinen Körper. Ah, tat das gut!

„Pass auf, dass dein Tattoo nicht zu viel Wasser abkriegt", rief Henrietta und platschte durch die Pfütze.

„Pass du auch auf!", lachte Benni. Er war froh, dass sich seine kleine Schildkröte von dem Schreck erholt hatte.

Als beide fertig waren, wickelte sich Benni das Handtuch um die Hüften und marschierte zurück zum Zelt. Dass er einem Mann in Badehosen begegnete, der ein aufblasbares Ufo unter dem Arm trug, verblüffte ihn nicht mehr.
Er durchwühlte die Reisetasche nach sauberen Klamotten. Benni fand ein gemütliches Karohemd, einen braunen Pullunder und seine ausgebeulte Lieblingshose. Lauter Sachen, die seine Mutter für ihn ausgesucht hatte.
Er schlüpfte hinein – und fühlte sich pudelwohl. Lurchi steckte er in die Seitentasche seiner Lederjacke. Vielleicht hatte er später Lust, vor der Bühne eine Runde mitzusingen?
Er schlüpfte aus dem Zelt und entdeckte Zora, die in einem Mathebuch blätterte.
„Muss sein", erklärte sie. „Nach den Ferien schreiben wir eine Probe." Neben ihr lagen Block und

Federmäppchen. „Wie war dein Tag?", wollte sie wissen.
Benni dachte nach. „Schräg", antwortete er nach einer Weile. Auf einmal kam es ihm komisch vor, dass er den Kran überhaupt betreten hatte. Warum hatte er alles mitgemacht, was Onkel Johnnie von ihm wollte?
Henrietta linste in Zoras Mathebuch. „Der Satz vom Pizzagras!", rief sie. „Da kann ich helfen. Damals, im alten Griechenland …"
Benni war dankbar, dass er nicht mehr erzählen musste. „Pythagoras lebte im sechsten Jahrhundert vor Christus. So alt bist nicht einmal du!" Er kitzelte seine kleine Freundin am linken Vorderfuß.
Zora beobachtete die beiden. „Du darfst die Schildkröte adoptieren. Ich hab überall herumgefragt, sie gehört niemandem. Du und dieses kleine Wesen, ihr passt perfekt zusammen."
„Das finde ich auch!", lächelte Benni. „Ich habe mir sogar schon einen Namen für sie ausgedacht: Henrietta!"
„Sag bloß", schnaubte Henrietta.

Der Rest des Tages wurde richtig gemütlich. Benni und Zora lösten gemeinsam Matheaufgaben, später spielten sie Karten.

Zwischendurch trat eine Band auf, die schöne Musik machte. War das „Susu Babbel"?

Benni und Zora beschlossen, noch ein bisschen spazieren zu gehen.

Die Sonne verschwand hinter den Baumwipfeln, Wolken zogen auf.

Benni wollte eigentlich seine Lederjacke überstreifen, aber sie lag nicht mehr im Zelt. Vielleicht hatte Johnnie sie sich ausgeliehen?

Die Dämmerung brach herein. Aus der Ferne drang Musik an ihr Ohr, in genau der richtigen Lautstärke.

„Erinnerst du dich an die Radiosendung, die ich so gern höre?", fragte Benni.

„Aber ja!" Zora nickte. „Die mit den Außerirdischen. Wie hieß noch mal die Anführerin der Xenianer?"

„Kim", erklärte Benni. „Morgen wird die Jubiläumssendung ausgestrahlt. Live, an einem unbekannten Ort, irgendwo in Deutschland. Es gab verschiedene Hinweise im Radio, aber die habe ich alle verpasst. Und leider verpasse ich auch die Sondersendung morgen!" Traurig scharrte er mit der Fußspitze über den Boden. „Mist!"

Zora deutete zu einer Menschengruppe, die am Waldrand stand. „Vielleicht sind das ja deine Außerirdischen."

„Na klar", knurrte Benni.

Die Leute sahen tatsächlich ein bisschen so aus wie Bewohner einer fernen Galaxie: Sie hatten dicke Stiefel an, einen Mantel um die Schultern und Helme auf dem Kopf. Auf dem Rücken trugen sie – ja, was eigentlich?

Sauerstoffflaschen, wie Taucher sie benutzten?

Fallschirme, mit denen sie um Mitternacht auf der Bühne landen wollten?

Als sie wieder bei ihren Zelten ankamen, hatte Henrietta eine Idee. „Können wir nicht bei Zora schlafen? Ihr Zelt ist groß genug. Ich brauche bloß 400 Quadratzentimeter!"

Benni zögerte. Was würde Onkel Johnnie dazu sagen? Aber dann wurde ihm klar, dass er viel lieber mit Zora zusammen sein wollte, anstatt mit Erwachsenen vor der Bühne abzurocken.

Er holte tief Luft. „Dürfen wir beide heute bei dir schlafen?", fragte er Zora und hielt ihr Henrietta vor die Nase.

„Aber klaro", lachte Zora. „Hol dein Zeug rüber! Wenn Tante Tanja auftaucht, rücken wir einfach ein Stückchen zusammen."

Benni packte Isomatte und Schlafsack und beschloss, seinem Onkel eine Nachricht zu hinterlassen. Johnnie mochte unzuverlässig sein – er, Benjamin Schubert, war es nicht.

„Ich schlafe im Nachbarzelt. Benni". Er legte die Nachricht auf Onkel Johnnies Schlafsack.

Wie schön war es, vor dem Einschlafen noch ein wenig zu plaudern! Benni lag in der linken Zeltecke, Zora in der rechten. Es war schummrig und warm. Benni erzählte von den Büchern und Comics, die er las, von seinen Klassenkameraden und von der „Dritten Dimension".

Zora erzählte von ihren Großeltern, die in einem Heim lebten. So oft sie konnte, besuchte Zora sie. „Mein Opa sitzt im Rollstuhl. Am Sonntag werde ich bei ihnen vorbeischauen!" Ihre Eltern arbeiteten viel. „Sie haben überhaupt keine Zeit für mich", sagte Zora.

„Bei mir ist es genauso", nickte Benni.

Henrietta guckte Benni erstaunt an. „Das stimmt doch gar nicht!", rief sie.

Benni fuhr sich durch die Haare und spürte, dass Henrietta recht hatte.

Sein Papa machte ihm jeden Morgen Frühstück und erklärte ihm die Welt. Wenn er Fragen hatte, war er immer für ihn da.
Und seine Mama? Sie verbrachte jede freie Minute mit ihm! Klar, so viele freie Minuten hatte sie nicht. Aber wenn, dann freute sie sich, wenn Benni an ihrer Seite war. Sie backten Kuchen und lösten Kreuzworträtsel. Natürlich gab es aufregendere Dinge als den Besuch auf einem Trödelmarkt. Aber Bungee-Jumping – das war auch nichts für ihn.
„Ach nein, ich erzähle Quatsch!" Benni drehte sich zu Zora. „Meine Eltern arbeiten zwar beide, aber sie kümmern sich um mich, wann immer sie können. Bestimmt denken sie gerade an mich!"
Schade, dass Lurchi mit Johnnie unterwegs war. Sonst hätte Benni jetzt an dem Rädchen gedreht.
Der Tag war lang und aufregend gewesen, Benni fiel bald in tiefen Schlaf. Henrietta lag noch eine Weile wach. Am Nachthimmel tanzten bunte Lichter. Das konnte sie durch die Zeltplane sehen. Was hatte das zu bedeuten?

16
Wo steckt Onkel Johnnie?

Als Benni am nächsten Morgen das Zelt öffnete, waren draußen riesengroße Pfützen. Nachts musste es kräftig geregnet haben.
Zora schlummerte tief und fest. Neben ihr hatte Tante Tanja den Kopf auf ihre Fransenjacke gebettet. Zum Glück schnarchte sie nicht so laut wie Onkel Johnnie.
Dunkle Wolken hingen über der Zeltstadt. Benni kletterte nach draußen und streckte sich.
Alles war ruhig. Es musste noch sehr früh am Morgen sein. Noch gab es keine Musiker, die ihre Instrumente

einspielten. Und, das war allerdings seltsam, keinen schnarchenden Johnnie!

Wie ging es ihm allein in seinem Zelt?

Benni ratschte den Reißverschluss auf – und erschrak.

Johnnies Schlafsack war unberührt. Bennis Zettel lag immer noch dort, wo er ihn gestern hingelegt hatte.

Benni setzte sich im Schneidersitz auf den Zeltboden und dachte nach.

Johnnie hatte nicht im Zelt geschlafen.

Wann hatte er ihn zuletzt gesehen?

Benni fröstelte.

Er musste dringend mit Henrietta reden.

„Benni, was ist los?" Henrietta schreckte auf und merkte sofort, dass irgendetwas nicht stimmte.

„Onkel Johnnie ist weg!", flüsterte Benni.

„Was heißt weg?", murmelte Henrietta. „Ist er mit seiner Maschine durchgebrannt? Oder macht er heimlich eine Knutschfahrt?" Sie kicherte leise.

Benni war nicht nach Späßen zumute. „Er ist offenbar die ganze Nacht nicht da gewesen“, antwortete er. „Der Schlafsack wurde nicht benutzt. Übrigens: Es hat kräftig geregnet.“

Henrietta legte sich rücklings auf die Matte und schaukelte mit dem Panzer hin und her. „Wo könnte Johnnie denn sein?“ Sie dachte angestrengt nach. Und plötzlich fiel ihr etwas ein. „Gestern hab ich so komische Lichter am Himmel gesehen, als du schon geschlafen hast. Sie blinkten rot, grün und blau, sehr geheimnisvoll! Vielleicht ist Johnnie ihnen gefolgt … und wurde in eine Falle gelockt!“

Zora schlug die Augen auf. „Ist die Schildkröte schon wieder da?“ Sie blinzelte. „Bestimmt träume ich noch.“ Sie schloss die Augen.

Henrietta krabbelte unter Bennis Schlafanzug.

Benni blickte auf die Armbanduhr, die auf dem Zeltboden lag. Erst halb sieben! So früh war er sonst nicht wach!

Er dachte an die seltsamen Gestalten, gestern am Waldrand.

Und jetzt erzählte Henrietta auch noch von unheimlichen Lichtern! Was war hier eigentlich los?
„Schon komisch, dass Onkel Johnnie nicht hier ist", murmelte Henrietta. „Hat er nicht gestern geschworen, es ruhiger angehen zu lassen? Vielleicht ist ihm etwas passiert! Wir müssen Zoras Tante fragen, wann sie Johnnie zum letzten Mal gesehen hat!"
Aber Benni traute sich nicht, eine Frau aufzuwecken, die er kaum kannte.
Er zog die Isomatte vors Zelt und hoffte, dass Zora bald aufwachte.

Die Wiese war nass vom Tau. Die Zeltlandschaft wirkte fahl und grau. Der Nebel schluckte alle Farben. Benni dachte an seinen Onkel und machte sich große Sorgen.
Hoffentlich wachte Zora bald auf!
Um sich abzulenken, stand er auf und machte sieben Hampelmänner.

Henrietta schwor auf Morgengymnastik!
„Guten Morgen!“ Endlich tauchte Zoras Kopf zwischen den Planen auf.
„Warum bist du schon auf?“
„Mein Onkel ist weg!“, stieß Benni hervor. „Wir müssen ihn suchen. Vielleicht braucht er Hilfe. Kannst du deine Tante fragen, wann sie ihn zuletzt gesehen hat?“
Zora gähnte. Ihr Kopf verschwand im Zelt.
Benni hörte Stimmengemurmel, dann kehrte Zora zurück. Sie trug bereits Shorts und T-Shirt.
„Sie ist ganz schön auf Zack“, lobte Henrietta. „Los, Benni, zieh dich um! Wir sollten keine Zeit verlieren!“
Benni krabbelte ins Zelt. Während er nach seiner Sportkleidung suchte, berichtete Zora, was sie eben erfahren hatte.
„Um Mitternacht tanzte Johnnie noch glücklich durch den Regen“, hörte Benni sie draußen sagen. „Als Tante Tanja schlafen ging, blieb Johnnie vorn an der Bühne. Übrigens: Er hatte gestern deine rot-weiße Lederjacke an.“

Benni nickte. Das war ein wichtiger Hinweis.

Er schlüpfte in das T-Shirt mit der Aufschrift „Keine Panik“. Henrietta bestand darauf, dass Benni auch das Erste-Hilfe-Köfferchen mitnahm.

„Mach dir keine Sorgen“, meinte Zora und joggte los. „Die Kerle der Hölle sind nicht aus Zucker.“

„Na hoffentlich!“ Benni gab Gas.

17
Hurra, hurra, der Lenz ist da!

Sie liefen über die Wiese und schauten hinter jedes Zelt.

Vielleicht war er einfach irgendwo eingeschlafen?

Oder lag versehentlich im falschen Zelt?

Doch nirgends konnten sie die Stiefel von Onkel Johnnie entdecken.

Sie suchten hinter und vor der Bühne.

Sie gingen zu den Waschräumen und öffneten jede Tür.

Keine Spur von Johnnie.

„Wo kann er nur stecken?“, fragte Zora.
„Die Lichter“, flüsterte Henrietta, die in Bennis Tasche saß. „Sie haben ihn in den Wald gelockt!“
Benni blickte zu den hohen Bäumen hinüber und schluckte. „Vielleicht ist er dort …“, sagte er leise, „im Wald.“
Sie trabten die schmale Straße entlang und erreichten zügig den Waldrand.
Zora geriet außer Atem, sie drosselten das Tempo.
Benni war froh darüber.
Die Luft roch würzig, Blätter und Gräser sahen aus wie blank geputzt. Zwischen den Bäumen hingen Nebelfetzen. Wo die Sonne durchbrach, leuchtete das Moos in sattem Grün.
Es war eine Märchenlandschaft.
„Geht's wieder?“ Benni blickte Zora aufmunternd an. Er merkte gar nicht, dass auch er außer Puste war, so große Sorgen machte er sich um Johnnie. Benni rannte los, immer tiefer in den Wald hinein. Zora spurtete hinterher.
Es gab Dutzende Wege und Dutzende Abzweigungen.

Benni hatte keinen Schimmer, wie sie Onkel Johnnie finden sollten.
„Ich geb Gas, ich geb Gas!“, rief Henrietta. „Wir sind richtig, ich habe ein gutes Gefühl.“
Sie liefen einen Zaun entlang und erreichten eine Futterkrippe.
An einer Kreuzung wandten sie sich nach links. „Keine Sorge“, versprach Henrietta. „Ich finde wieder zurück. Ich habe einen Kompass im Bauch!“
Benni lächelte. Das wusste er noch gar nicht!
Nach einer halben Stunde konnten die Kinder nicht mehr. An einer Tanne blieben sie stehen. Ratlos sahen sie sich um.
„Henrietta, hast du eine Idee?“ Benni tat so, als müsste er sich seine Schuhbänder binden. In Wirklichkeit tuschelte er mit seiner Schildkröte.
„Sei still, Benni!“ Henrietta hob die Vorderpfote. „Ich höre was! Psst!“
Sie lauschten.
Sie hörten ein Rascheln.
Sie hörten Vogelgezwitscher.

Und sie hörten eine kleine Melodie: „Hurra, hurra, der Lenz ist da!“

Sie rannten, so schnell sie konnten.
Und fanden Johnnie schlafend unter einem Baum.
Der Kerl der Hölle sah ziemlich übel aus.
Ein Auge war geschwollen, über Stirn und Wangen zogen sich blutige Schrammen. An Bennis Lederjacke klebte rote Soße.
War das Blut? Benni schluckte.
„Hol das Verbandszeug raus“, sagte Henrietta mit ruhiger Stimme.
Benni öffnete den Erste-Hilfe-Koffer.
Und weil der Laubfrosch die Melodie gleich noch mal abspielte, dachte er an seinen Papa. Wie klug von ihm, dass er ihm den Koffer mitgegeben hatte!
Zora wusste, was zu tun war. „Ich habe in der Schule einen Erste-Hilfe-Kurs belegt. Das Knie muss hoch, dann kippen wir ihn um. Vorsichtig!“

Als Zora begann, die Wunden zu reinigen, schlug Onkel Johnnie die Augen auf. „Keine Panik!“ Verwirrt las er die Aufschrift auf Bennis T-Shirt. „Wo zur Hölle bin ich?“

„Im Märchenland!“, knurrte Benni und warf einen Blick auf die herrliche Nebellandschaft.

„Aua!“, entfuhr es Onkel Johnnie. „Das brennt fürchterlich!“

„Das muss leider sein!“ Zora sprach wie eine Erwachsene mit ihm. „Die Wunden dürfen sich nicht entzünden. Was ist passiert?“

Johnnie versuchte, einen Arm zu heben. „Mist!“, entfuhr es ihm.

Er winkelte das Bein an. „Verdammt“, klagte er.

Die beiden Kinder packten Onkel Johnnie unter den Achseln und zogen ihn zu dem Baumstamm, bis er aufrecht saß.

Benni holte einen Verband aus dem Koffer, Zora wickelte ihn Johnnie um den Kopf.

„Schon besser, danke“, krächzte der Onkel. „Helft mir mal auf!“

Als sie jedoch versuchten, den Kerl der Hölle auf die Beine zu stellen, knickte er weg.

„Fuß verknackst!“, winselte er. „Ich kann nicht laufen!“ Hilflos sank er zurück ins Moos.

Benni runzelte die Stirn. „Was machen wir nun?“

Henrietta überlegte. „Bis zum Zeltplatz sind es mehr als drei Kilometer. Selbst wenn ihr ihn unterhakt, dauert das ewig. Der Kerl der Hölle ist zu schwer für euch!“

„Wir müssen Hilfe holen“, entschied Zora.

Onkel Johnnie deutete mit dem Arm nach links. „Dort drüben waren gestern Nacht so seltsame Lichter. Und Stimmen!“ Er legte die Hand an die Schläfen und stöhnte. „Ich bin den Lichtern gefolgt, dabei habe ich mich anscheinend verlaufen.“

Benni und Henrietta wechselten einen Blick. Also doch! Die geheimnisvollen Lichter waren schuld an Onkel Johnnies Verschwinden!

„Plötzlich war alles wieder dunkel“, fuhr Onkel Johnnie fort. „Ich bin gegen einen dicken Ast geknallt, mir wurde schwarz vor den Augen. An mehr erinnere ich mich nicht.“ Er blickte vorwurfsvoll nach oben. „Du warst das!“, schimpfte er mit einem Ast.

„Da kann doch der Baum nichts dafür“, rief Henrietta.

„Geht zu der Lichtung!“ Onkel Johnnie deutete noch einmal in dieselbe Richtung wie vorhin. „Ich bin mir sicher, dort sind Leute. Vielleicht haben sie ein Fahrzeug und können uns helfen.“

Zora schüttelte zweifelnd den Kopf. „Wieso sollen denn mitten im Wald Menschen sein?“

„Eine Lichtung?“ Henriettas Stimme überschlug sich vor Aufregung. „Da war ich gestern bei meiner Knutschfahrt. Nichts wie hin!“ Sie stupste mit ihrem Köpfchen gegen Bennis Fuß. „Auf ins Weltraumabenteuer! Vertrau mir! Wir nehmen das nächste Ufo und fliegen Johnnie ins Krankenhaus.“
Zora zögerte. „Einen Verletzten sollte man nicht allein lassen.“
„Jetzt macht schon!“, knurrte Onkel Johnnie. „Ich hab die halbe Nacht hier verbracht, jetzt kommt es auf ein paar Minuten mehr oder weniger auch nicht mehr an. Außerdem habe ich diesen kleinen Kameraden bei mir.“ Er deutete zu Lurchi, der zwischen dem Moos kaum zu sehen war. „Er hat mir gestern Gesellschaft geleistet.“ Wie auf Befehl spielte der Frosch sein Lied: „Hurra, hurra, der Lenz ist da!“
Sie vereinbarten, dass sie spätestens in fünfzehn Minuten zurück sein würden.
Onkel Johnnie nickte dankbar.

18

Das Ufo ist gelandet!

Benni und Zora joggten rechts und links um die Bäume herum. Sie peilten einen hellen Fleck in der Ferne an. Dort hatte sich der Nebel bereits gelichtet.
„Wie in einer anderen Welt", murmelte Zora. „Es würde mich nicht wundern, wenn wir gleich Schneewittchen träfen."
Nach einem kurzen Spurt erreichten sie die Lichtung. Und blieben fassungslos stehen.
„Das kann doch wohl nicht wahr sein", stammelte Benni.

„Hab ich es nicht gesagt?", jubelte Henrietta. „Von wegen Waschraumabenteuer!"

Silberne Raumstationen standen im Kreis. Davor waren Geräte aufgereiht, die genau so aussahen, wie Benni sich galaktische Laserkanonen vorstellte. Eine Tür ging auf. Heraus trat niemand anderes als Kim, die Anführerin der Xenianer! Benni erkannte sie an ihrem Umhang mit dem hochgestellten Kragen.

Benni blieb das Herz stehen.

„Du bist mitten in der Sondersendung", frohlockte Henrietta. „Lächeln, Benni!"

Benni drehte sich um die eigene Achse – und schlug sich vor Überraschung die Hand vor den Mund.

Zwischen den Bäumen blitzte ein Ufo hervor. Rund und silbern, mit kleinen Bullaugen.

„Das Ufo ist gelandet", staunte Zora. „Was hast du gestern erzählt? Keiner weiß, wo die Jubiläumssendung der ‚Dritten Dimension' stattfindet? Dieses Rätsel ist gelöst!"

Benni nickte langsam. Das war verrückt, so verrückt!
Vor wenigen Stunden war er noch enttäuscht gewesen, dass er die Sendung verpassen würde – jetzt steckte er mitten im Geschehen. Wahnsinn!
„Hallo, Kim!“, rief Benni, kein bisschen schüchtern. „Können wir mit dem Ufo ins Krankenhaus fliegen? Ein Erdbewohner braucht dringend eure Hilfe!“
Kim stapfte mit ihren schweren Stiefeln auf die Besucher zu.

„Was macht ihr denn hier am frühen Morgen?“, begrüßte sie die Kinder. „Bitte verratet uns nicht. Wir wollten das Geheimnis erst am Nachmittag lüften.“

„Und wieso habt ihr dann gestern die roten, grünen und blauen Lichter aufblitzen lassen?“, wunderte sich Henrietta. „Und Menschen mit silbernen Raumanzügen über den Platz geschickt?“

Benni wiederholte Henriettas Fragen.

„Gut aufgepasst!“ Kim schmunzelte. „Das waren natürlich Hinweise. Wir haben aber nicht erwartet, dass unser Versteck so schnell auffliegt.“

Benni streckte einen Arm nach vorne. Die Anführerin der Xenianer blickte verblüfft auf die Henna-Rakete und las: „Die dritte Dimension“.

„Wow“, staunte Kim. „Du bist wirklich ein großer, großer Fan.“

Benni nickte stolz. Er hätte gerne weitergeredet, doch erst einmal gab es Wichtigeres zu tun.

„Habt ihr einen Kanister mit diesem Gebräu aus Algen und Marsraps dabei?“ Er deutete mit dem Daumen über die Schulter. „Im Wald befindet sich ein verletzter

Erdling namens Johnnie. Mit dem Turbo-Raumschiff wären wir im Nullkommanix beim Arzt."

Zora nickte ernst. „Wir brauchen zwei Helfer und eine Trage. Unter einem Baum, nicht weit von hier, liegt ein Mann. Blutüberströmt."

Übertrieb sie ein bisschen, weil sie wollte, dass Benni und die Außerirdischen endlich in die Gänge kamen?

Kim steckte zwei Finger in den Mund, ein greller Pfiff ertönte.

„Wendy!", rief sie. „Komm schnell! Und bring dein Feldbett mit!"

Benni riss die Augen auf.

Der berühmte Weltraummechaniker war auch hier? Er schlief auf einem Feldbett?

Benni war sich sicher gewesen, Wendy schnallte sich wie ein Astronaut mit Gurten an der Decke seines Raumschiffes fest. So stand es in seinem Weltraumbuch.

Ein Mann stolperte aus der Kabine. Er trug T-Shirt und Jogginghosen und sah ein bisschen aus wie Lehrer Finke, den Benni früher einmal gehabt hatte.

Der Mechaniker rieb sich verschlafen die Augen, Kim brachte ihn auf Trab. „Im Wald liegt ein Verletzter! Los!“

Das Feldbett konnte man ganz leicht zu einer Trage umbauen: Sie mussten nur die Füße einklappen.

Kim pfiff einen zweiten Mann herbei, der sich als Betreiber eines Weltraumrestaurants vorstellte. „Ich bin Nodd, der beste Koch der dritten Dimension.“

Benni wusste Bescheid: Die Kneipe lag auf halber Strecke zwischen Mars und Erde.

„Jetzt bist du Sanitäter!“, korrigierte ihn Kim. „Wohin müssen wir?“

Zora deutete nach hinten.

Die Männer packten das Feldbett und spurteten los. Dank Henriettas Hilfe fanden sie den Baum sofort. Onkel Johnnie war erleichtert, als er die Truppe kommen sah. „Ihr wart superschnell“, freute er sich. Benni verkniff sich die Bemerkung, dass man sich auf ihn und Zora verlassen konnte – umgekehrt war das eher nicht der Fall.

Bevor die Außerirdischen Onkel Johnnie auf die Trage

legten, testeten sie, ob er Arme und Beine bewegen konnte.

„Ihr habt ihn schon bestens medizinisch versorgt!“, lobte Nodd.

Johnnies Auge war dick angeschwollen.

„Haben Sie sich mit jemandem geprügelt?“, fragte Kim streng.

„Das wollen Sie nicht wirklich wissen“, wimmerte Johnnie. „Bitte bringt mich zu einem Arzt.“

Benni musterte den Kerl der Hölle, der an diesem Morgen ziemlich fertig aussah. Er lächelte. Trotz all seiner Macken mochte er ihn.

Johnnie schloss die Augen und ließ sich von Kim, Wendy, Nodd, Benni und Zora durch den Wald schaukeln.

Sie erreichten die Krankenstation.

Eine Ärztin kümmerte sich rührend um Johnnie.

„Die Schwellung über dem Auge wird noch dicker

werden“, kündigte sie an. „Außerdem bahnt sich eine Erkältung an. Wie gut, dass ihr den Verletzten rechtzeitig gefunden habt. Es war sehr kalt gestern Nacht, er hätte schnell eine Lungenentzündung bekommen können.“ Sie nickte Benni und Zora aufmunternd zu. „Das wird schon wieder.“

Vorsichtig löste die Ärztin den Verband, den Zora um Johnnies Kopf gewickelt hatte. „Ich hätte es nicht besser machen können!“, lobte sie.

Henrietta blinzelte Benni zu. „Sieht aus, als käme der Suppenheld ohne uns klar“, flüsterte sie. „Vielleicht ist es ihm sogar peinlich, wenn zwei Kinder um ihn herumstehen. Bestimmt will er mit der Ärztin später ein wenig knutschen!“

Das glaubte Benni zwar nicht – aber sie hatten erst mal genug für Onkel Johnnie getan: Sie hatten ihn im Wald gesucht, ihn versorgt, Hilfe geholt und in die Krankenstation gebracht.

Sie mussten jetzt nicht auch noch Händchen halten.

Unruhig trat er von einem Fuß auf den anderen.

Die Außerirdischen drehten sich in Richtung Tür.

„Frag, ob du mitkommen darfst!" Henrietta blickte auf Bennis T-Shirt. „Keine Panik! Los, Benni, trau dich!"
Benni warf einen letzten Blick auf Johnnie. Die Ärztin kümmerte sich wirklich sehr nett um ihn!
Er dachte an Anna-Lena, die er am Montag treffen würde.
Er dachte an Zora, die genauso neugierig war wie er.
Er dachte an das Ufo, die Raumstationen, die Laserkanonen – das wollte er sich unbedingt aus der Nähe ansehen!
„Abflug!", drängelte Henrietta. „Sonst hebt das Ufo ohne uns ab!"
„Äh, Kim, W-w-endy und Nod-d-d-d!" Jetzt verhaspelte er sich auch noch! Trotzdem sprach er mutig weiter: „W-w-w-ürde es euch was ausmachen, w-w-w-enn wir …?" Oh Mann!
Zora stupste ihn an. „Wir wollten fragen, ob wir mitkommen dürfen!", half sie. „Benni ist ein riesengroßer Fan und ich bin gerade dabei, einer zu werden. Wie ich höre, gibt es im Weltraumrestaurant heißen Tee? Den könnten wir jetzt gut gebrauchen!"

„Den besten Tee des Universums", bestätigte Nodd und packte zusammen mit Wendy das Feldbett.
Langsam fand Benni seine Sprache wieder. „Trinkt ihr den Tee mit Killerbienen-Nektar oder mit Marsraps-Honig?"
Die Außerirdischen lachten. „Kommt mit, ihr beiden!" Kim nickte den Kindern freundlich zu. „Wer sich so engagiert um Verletzte kümmert, hat eine Belohnung verdient. Ihr seid unsere Ehrengäste." Sie schob die Kinder aus der Krankenstation. „Außerdem haben wir euch dann unter Kontrolle." Sie legte den Zeigefinger an die Lippen. „Wie gesagt: Noch ist alles streng geheim! Pst!"

19
Teetrinken mit Wendy

Auf der Lichtung saßen die Ypser und Xenianer friedlich zusammen und tranken Tee. Manche trugen normale Kleidung, manche hatten schon ihre Raumfahrtanzüge an. Durch das „Y“ oder das „X“ auf der Brust konnte man sie gut unterscheiden. Und natürlich erkannte Benni jeden Teetrinker an der Stimme!

„Sie sind Lennox, der Chef der Ypser, richtig?“ Mutig sprach er einen Mann an, der gerade um Zucker bat. „Kommen die Laserkanonen heute zum Einsatz?“

Benni begann, die Radiostimme zu imitieren: „Die Gehirne der Ypser glühen vor Anstrengung. Sie bereiten einen Angriff vor. Und die Xenianer haben nichts, aber auch gar nichts davon mitbekommen …"
Die Teetrinker starrten ihn verblüfft an. „Du kennst dich ja gut aus!"
Benni nickte. „Ich habe jede Folge gehört."
„Ich auch!", rief ein Stimmchen aus der Hosentasche. „Ich auch!"
„Also fast", korrigierte sich Benni. „Die letzten Folgen habe ich verpasst, weil ich hier auf dem Festival war."
Nodd reichte den Kindern heißen Früchtetee. „Das wird euch guttun nach diesem aufregenden Morgen! Wirklich spitze, wie ihr euch um den Verletzten gekümmert habt!"
Benni nickte dankbar. „Darf ich später deine Werkstatt sehen, Wendy? Kannst du wirklich alles reparieren?"
Wendy lachte. „Ich zeig dir alles nach dem Frühstück!"
Benni und Zora waren froh, dass die Radiomenschen ganz normale Sachen frühstückten: Brot, Butter, Marmelade und Schokocreme.

Auf Astronautennahrung hätte Benni jetzt keinen Appetit gehabt.

Er setzte Henrietta auf die Wiese.

„Habt ihr auch was für meine Schildkröte?“, fragte er. Mit ihrem Gänseblümchen-Tattoo sah sie noch süßer aus als sonst!

Nodd machte eine einladende Handbewegung. „Das Angebot meines Restaurants ist grenzenlos!“

Benni bestrich ein Brot mit Himbeermarmelade, schnitt es in kleine Stücke und stellte Henrietta den Teller vor die Nase.

Sie mümmelte vergnügt. „Nicht übel, gar nicht übel.“

„Was sagt sie?“, wollte Zora wissen.

„Weiß ich doch nicht“, flunkerte Benni.

In Wendys Werkstatt lagen Laserpistolen und Lötkolben, genau so, wie Benni es Zora beschrieben hatte. Als Benni ein Teil in die Hand nahm, stellte er verblüfft fest, dass es ganz leicht war.

„Aus Styropor", verriet Wendy. „Das haben wir alles nachgebaut für die Sondersendung heute. Wir wollen zusätzlich Werbung im Fernsehen schalten. Fürs Radio brauchen wir die Dinger ja nicht."

Benni nickte. „Was passiert denn heute Nachmittag?"

Wendy schloss die Tür. „Nehmt Platz!" Zora und Benni setzten sich auf zwei wackelige Weltraumstühle.

„Wenn ihr versprecht, es niemandem zu erzählen, weihe ich euch ein!"

Benni und Zora hoben die Hände zum Schwur. „Wir schwören!"

Wendy schwang sich auf die Werkbank. „Die Sendung läuft heute Nachmittag im Radio, wie immer. Wir rechnen mit riesigen Einschaltquoten."

Benni und Henrietta nickten eifrig. „Wir haben die Plakate gesehen!"

Wendy schlenkerte mit den Beinen, während er weitererzählte. „Heute machen wir zusätzlich Film- und Fotoaufnahmen. Wir wollen noch bekannter werden! Die Filmszenen auf der Lichtung kombinieren wir mit Szenen von dem Festival."

„Und deswegen habt ihr gestern schon die Lichter über den Himmel gejagt?“, erkundigte sich Henrietta.
Benni wiederholte die Frage.
„Genau!“ Wendy nickte. „Wir haben herrliche Szenen eingefangen. Die Stimmung auf dem Festival, die kostümierten Menschen, die wir unter das Publikum geschmuggelt hatten … Das können wir super verwenden. Unsere Kameraleute sind begeistert!“
Benni und Zora blieb der Mund offen stehen. „Also doch!“, staunten sie. „Wir dachten, der mit dem Elchgeweih ist einfach nur ein verrückter Fan!“
„Das war keiner von uns“, lachte Wendy. „Aber habt ihr den Mann mit der Ufo-Luftmatratze gesehen? Und die Frau mit dem goldenen Sakko?“
Benni und Zora nickten eifrig. „Na klar!“
Benni war immer noch fassungslos, dass er Wendy höchstpersönlich gegenübersaß. „Wer gewinnt heute Nachmittag das Weltraumduell? Die Ypser oder die Xenianer?“
„Wird nicht verraten“, lachte Wendy. „Wollt ihr das Ufo sehen?“

Das wollten Benni und Zora unbedingt!
Und Henrietta auch. Schnell krabbelte sie in Bennis Hosentasche.
Sie stiegen eine schmale Leiter hoch. Und da waren sie, die Weltraumkojen! Sie sahen genau so aus, wie Benni sie sich vorgestellt hatte. Schmale Pritschen, die man hoch- und runterklappen konnte. Jede Menge Hebel, Knöpfe und Schaltknüppel.
„Kann das Ding fliegen?“, erkundigte sich Benni.
Wendy nickte. „Nicht hoch, aber ja, es fliegt. Gestern haben wir einen Probeflug gestartet. Nachts um zwei Uhr. Hat aber niemand bemerkt.“
„Vielleicht Onkel Johnnie?“, murmelte Benni.
Zora kratzte sich nachdenklich an der Nase. „Das könnte sein! Er ist dem Licht gefolgt und dann, als das Ufo gelandet ist, hat er sich ins Moos gelegt. Das würde bedeuten …“
„… dass Onkel Johnnie tief in seinem Herzen ein Außerirdischer ist!“, kicherte Henrietta. „Zumindest trägt er eine große Sehnsucht nach Weite und Abenteuer in sich. So wie wir!“

Als sie zurück zur Lichtung kamen, winkte Kim die beiden Kinder herbei. „Sagt mal, habt ihr Lust, eine Rolle zu übernehmen? Wir würden euch mit Namen ankündigen und dann bist du, Benni, sagen wir, ein Krieger an der Seite der Ypser?“

Benni brachte kein Wort heraus, so überrascht war er.

„Kein Krieger!“ Henrietta bekam Schluckauf vor Aufregung. „Das ist viel zu gefährlich!“

„Das ist t-t-oll!“ Benni musste schon wieder stottern. Das machte aber nichts! Er holte tief Luft und sprach einfach weiter: „Ich würde am liebsten Wendy helfen.“

„Ich wäre gern eine Kriegerin der Xenianer!“, rief Zora. „Bekomme ich ein Laserschwert?“

„Mal sehen!“ Kim deutete zu einer der silbernen Kabinen. „Auf jeden Fall darfst du dich verkleiden. Dort drüben hängen Kostüme in allen Größen.“

Henrietta hüpfte vom Tisch und tanzte über die Wiese, was ziemlich ulkig aussah.

Kim beobachtete sie neugierig. „Vielleicht können wir deine Schildkröte irgendwo einbauen! Das wäre der Knüller!“

Es war der aufregendste Nachmittag in Bennis Leben. Auf der Wiese wurden Matten ausgerollt. Lastwagen fuhren vor und luden Sand ab. „Unsere Salzwüste“, erklärte Wendy, der sich über seinen Assistenten freute.
Die Radioleute schlüpften in ihre Umhänge und steckten sich Mikrofone an. Benni und Zora bekamen dieselbe Ausrüstung.
„Hoffentlich muss ich nicht aufs Weltraumklo!“, lachte Benni und griff nach einem Schraubenschlüssel. „Sonst muss ich mir die Füße festschnallen!“
Wendy grinste. „Du hast Glück, wir haben ganz normale Toiletten.“
„Ich muss auch mal!“, japste Henrietta und trippelte in den Wald.

Zurück auf der Wiese, stupste sie Benni an. „Wir müssen Onkel Johnnie Bescheid geben, dass wir hier sind!"

Benni schlug sich gegen die Stirn. Das hatte er komplett vergessen!

Er lief zu Wendy, aber der winkte ab. „Kim hat sich längst um alles gekümmert."

„Alle Xenianer und Ypser zum Kampf aufstellen!", rief plötzlich eine Stimme. „Wir machen einen Probedurchlauf!"

Die Außerirdischen griffen nach ihren Laserschwertern und übten Angriff und Verteidigung. Bennis Aufgabe bestand darin, das Raumschiff zu betanken. Er spurtete mit dem Kanister los – und stellte fest, dass der Treibstoff nichts anderes als grün gefärbtes Wasser war.

Benni und Henrietta waren auch dabei, als im Weltraumrestaurant die Schwerkraft aufgehoben wurde.

„Zieh den Kopf ein, Benni!", rief Nodd. „Gleich fliegt Geschirr durch die Luft! Test, Test, Test!" Ein starkes

Gebläse pustete Wind durch die Kabine. Tassen und Teller, die nur aus Pappe waren, kreisten um eine Deckenlampe.

„Galaktisch“, hauchte Henrietta. „Kann ich bitte ein Stück Ananastorte haben?“

20

Bennis Auftritt

Pünktlich um 15 Uhr startete die Sendung.
Die Eingangsmelodie schallte über die Lichtung, Wendys Werkstatt-Song setzte ein. „Algen, Marsraps, Wasserstoff! Ein Ufo landet, das gibt Zoff …“
Bennis Puls ging schneller. Gleich war er live auf Sendung!
Ein Sprecher nannte die Namen aller beteiligten Personen. Techniker, Sendeleitung, Sprecherinnen und Sprecher – jede Rolle wurde aufgeführt. Auch eine Zora Schmidt wurde erwähnt. Und dann, Bennis

Herzschlag setzte aus, hörte Benni seinen Namen. „In der Rolle von Wendys Assistenten erleben wir heute: Benjamin Schubert!“

Wieder kam Musik: „Wendy packt das Werkzeug aus und puff, schon ist der Gegner raus!“ Benni überlegte, wie viele Menschen wohl gerade zuhörten, schob den Gedanken aber rasch zur Seite. Er konnte jetzt nicht in Ohnmacht fallen – Wendy brauchte seinen Assistenten!

Wendy war die Ruhe selbst. Er ordnete Zangen, Bohrer und Schraubenschlüssel auf seiner Werkbank. „Wir rechnen mit einem Angriff der Ypser“, sagte er mit ernster Stimme zu seinem Assistenten. „Mach dich bereit!“

„Schaltet um auf Autopilot“, rief Lennox, der Chef der Ypser, draußen auf der Salzwüste. „Wir erobern unseren Planeten zurück!“

Xenianer und Ypser rannten aufeinander zu.

Das sah lustig aus, denn sie tanzten und schwebten über die Lichtung! Sie kämpften in einer Welt der Schwerelosigkeit!
Wie machten die Techniker das?
Bennis Raumanzug plusterte sich auf. Er hob ab und begann ebenfalls zu schweben. Jetzt sah er die Werkbank von oben!
Das war so abgefahren!
„Mars an Erde, könnt ihr mich hören?“, rief Wendy ins Mikrofon. „Wir haben Leben entdeckt! Hier gibt es Tiere! Lebende Tiere!“
Er deutete mit dem Schraubenschlüssel zu Benni, der auf dieses Stichwort nur gewartet hatte.
Benni hob seine kleine Schildkröte in die Luft.

„Gehört dieses Wesen zu einer Welt, die wir noch nicht kennen?", fragte Wendy. „Wird bald Leben im All möglich sein?"
Henrietta schwebte durch Wendys Werkstatt und streckte dabei alle vier Pfoten von sich. Das Gänseblümchen-Tattoo wurde in Großaufnahme gezeigt.
„Gibt es Pflanzen auf diesem Planeten? Auf zum Raumschiff! Wir sehen nach!" Der Mechaniker und sein Assistent flitzten zum Ufo, um es zu betanken. Es zischte und dampfte. Benni und Wendy wurden nach hinten geschleudert.
„Die Ypser haben ein galaktisches Kraftfeld eingeschaltet", brüllte Wendy verzweifelt. „Das Ufo kann nicht starten!"
Lichter gingen an, ein Motor heulte auf. Aber das Ufo kam nicht höher als einen Meter!
„Wir sind verloren!", rief sein Assistent.
Da krabbelte plötzlich eine kleine Schildkröte heran, drückte auf einen roten Knopf – und setzte das Kraftfeld außer Betrieb.

„Das neu entdeckte Wesen ist auf unserer Seite!“, jubelte Kim und schwenkte ihr Laserschwert.
Die Kriegerinnen um sie herum johlten.
Eine davon war Zora. „Es hat die Ypser belauscht und sie mit ihren eigenen Waffen geschlagen. Das Kraftfeld wirkt nicht mehr. Wir sind gerettet. Schaltet die Turbinen an!“
Die Äste der umstehenden Bäume bewegten sich im Wind. Ein Rauschen war zu hören. War das echt oder hatten die Techniker ein gewaltiges Gebläse eingeschaltet? Benni zog es fast die Beine weg.
Das Ufo hob ab!
„Schnitt auf das Weltraumrestaurant“, lautete das nächste Kommando in allen Kopfhörern. „Die beiden Völker versöhnen sich gleich bei einer Tasse Tee und Ananastorte! Auftritt Kim und Lennox!“

21 Regenwetter

Zora, Benni und Henrietta hatten ihren Auftritt glanzvoll hinter sich gebracht. Jetzt saßen sie erschöpft auf Campingstühlen vor dem Zelt der Nachbarn. Onkel Johnnie war aus der Krankenstation entlassen worden – mit dickem Verband um den Kopf. „Mensch, Benni, das war eine starke Nummer!“ Er klopfte auf den Tisch. „Wahnsinn! Wir haben alles live mitbekommen! Im Autoradio der Nachbarn!“
„Schade, dass wir uns selbst nicht hören und sehen konnten“, seufzte Zora.

„Habt ihr Hunger?“, fragte Onkel Johnnie.

Benni und Zora nickten.

Auf der Lichtung hatte es zwar die leckersten Dinge zu essen gegeben – Hamburger, Pommes, Kuchen –, aber vor Aufregung hatten sie nichts runtergebracht.

Umso stärker knurrten jetzt ihre Mägen.

„Wir dachten, wir gehen zusammen Pizza essen“, schlug Johnnie vor. „Einverstanden?“

„Einverstanden!“, riefen Zora, Benni und Henrietta.

Und noch jemand meldete sich zu Wort: Lurchi, der Laubfrosch. „Hurra, hurra, der Lenz ist da!“ Er sang und hüpfte über den Tisch.

Nachdenklich streichelte Onkel Johnnie den kleinen Kerl.

„Der Frosch hat mich gerettet!“, sagte er und lächelte dabei. „Darf ich ihn haben, Benni?“

Benni schüttelte langsam den Kopf. „Ausleihen ja, behalten nein. Ich hänge an ihm.“

Und das entsprach der Wahrheit!

Warum nur hatte er sich letzten Samstag nicht über das Geschenk gefreut? Wieso wollte er lieber ein

Computerspiel oder Kinokarten haben? Das war totaler Quatsch!

Lurchi war super! Nicht nur, weil er sie zu Onkel Johnnie geführt hatte. Sondern auch, weil sein Papa ihn für Benni ausgesucht hatte.

Ein warmes Gefühl machte sich in seinem Körper breit.

Es begann in den Zehenspitzen und krabbelte den Bauch hinauf bis zu den Ohren.

So sehr freute sich Benni auf seinen Papa, den er morgen wieder in die Arme schließen würde!

Und auf seine Mutter, die bestimmt leckeren Kuchen gebacken hatte!

Keinen Weltraumkuchen, sondern feinen gelben Butterkuchen. Genau so, wie er ihn liebte.

Benni freute sich auf eine heiße Dusche, sein Zimmer, auf die Sonnenliege auf dem Balkon – und sogar auf die Schule, die übermorgen wieder begann. Er hatte so viel zu erzählen!

„Ich kann dir den Frosch leider nicht geben!“, antwortete Benni mit fester Stimme. „Mein Papa hat ihn mir geschenkt." Er straffte die Schultern. Noch vor einem Tag hätte er Lurchi sofort herausgerückt – und es hinterher vermutlich bereut. Inzwischen hatte er gelernt, auch mal „Nein" zu sagen.

Onkel Johnnie zupfte an seinem Verband herum. „Vielleicht gehen wir zwei ja mal auf den Trödelmarkt und versuchen, einen Zwillingsbruder zu finden?"

Benni nickte eifrig. „Mama und Papa nehmen wir mit. Und hinterher gehen wir alle zusammen Eis essen ins Eiscafé Roma!"

Henrietta schlug vor Freude ein Rad. Das war ein guter Plan!

Aber erst einmal machten sich alle auf zum Abendessen: die Kerle der Hölle, die Feuerfrauen und die netten Zeltnachbarn mit dem Campingbus. Sie luden Onkel Johnnie, Benni und Henrietta ein. Tanja, Zora und die anderen fuhren mit den Motorrädern hinterher.

Weil am Himmel dunkle Wolken aufzogen, gingen sie ins Restaurant.
Es war herrlich, auf richtigen Stühlen zu sitzen! Mit Polstern! Es gab Besteck, Teller und Saft aus echten Gläsern. Benni merkte, wie stark er das vermisst hatte. Und wieder spürte er, wie sehr er sich auf sein Zuhause freute! Es war wirklich pupsegal, ob irgendwelche Klassenkameraden ein Sofa aus schwarzem Leder besaßen oder nicht.
Benni bestellte Spaghetti mit Meeresfrüchten und einen kleinen Salat. Das mochte auch Henrietta! Zora wählte eine knusprige Pizza mit Tomaten und Schinken. Sie plauderten über Musik, die sie mochten, und über Filme, die sie gesehen hatten. Die Erwachsenen schmiedeten Pläne fürs nächste Festival.
„Kommst du wieder mit?", rief Onkel Johnnie quer über den Tisch.
„Mal sehen!" Benni blinzelte hinüber zu Zora, die zuckte mit den Schultern.
„Ich weiß noch nicht", flüsterte sie Benni zu. „Ich muss mich ja auch um Oma und Opa kümmern!"

„Ich geb dir rechtzeitig Bescheid, Johnnie“, grinste Benni. Er erinnerte sich daran, wann Onkel Johnnie mit der Pizza bei ihnen vorbeigekommen war. „Sagen wir, einen Tag vorher?“
Die Erwachsenen lachten.

Onkel Johnnie ging in dieser Nacht nicht zur Bühne. „Die laute Musik ist nichts für meinen Kopf“, gab er zu.
Also saßen sie wieder vor dem großen Nachbarzelt zusammen. Sie stellten Kerzen auf und spielten Karten. Benni und Zora gähnten. Schließlich waren sie seit halb sieben Uhr auf den Beinen!
„Ich schlafe bei Zora“, sagte Benni. „In Ordnung?“
Onkel Johnnie hatte nichts dagegen. „Wenn ich was brauche, rufe ich“, meinte er.
„Du kannst auch den Frosch singen lassen“, schlug Benni vor.
Johnnie lachte. „Abgemacht!“

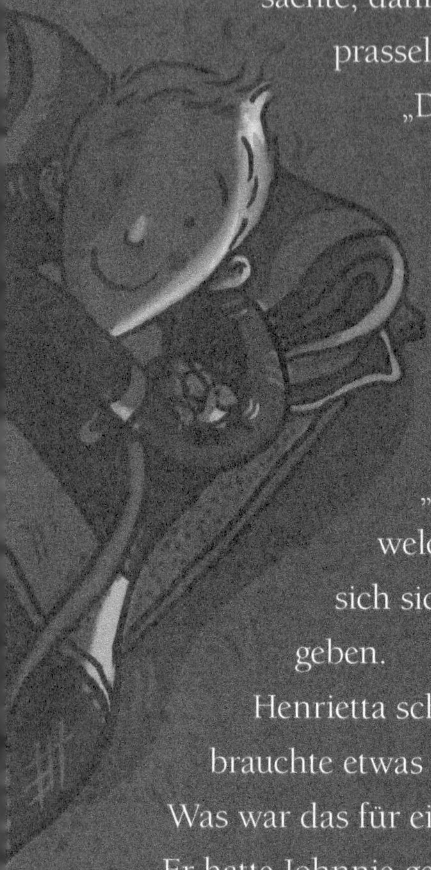

Als Benni und Zora nebeneinander in den Schlafsäcken lagen, begann es zu regnen. Erst sachte, dann etwas stärker. Die Tropfen prasselten auf die Plane.

„Du kannst deine Turnschuhe übrigens in die Waschmaschine werfen", sagte Zora. „Danach sind sie wie neu. Und wenn du heute Nacht mal rausmusst, dann leihe ich dir meine Gummistiefel."

„Nächstes Mal nehme ich selbst welche mit!", beschloss Benni. Er war sich sicher: Es würde ein nächstes Mal geben.

Henrietta schlummerte auf Bennis Bauch. Benni brauchte etwas länger, bis er einschlafen konnte. Was war das für ein aufregender Tag gewesen! Er hatte Johnnie gerettet.
Er hatte das Team der „Dritten Dimension" kennengelernt.

Und er hatte selbst eine Rolle in seiner Lieblingssendung bekommen!
Diesen Tag würde er nie in seinem Leben vergessen.
„Gute Nacht, Zora!“ Seine Wangen glühten.
„Gute Nacht, Schnuffel!“, antwortete Zora. „Echt super, dass du bei dem Festival dabei warst. Ohne dich hätte ich mich sehr gelangweilt.“
Benni trug die dicken Wollsocken, die seine Mama ihm eingepackt hatte, und seinen Lieblingsschlafanzug. Das war der mit den Teddybären drauf.
Der Regen trommelte aufs Dach, Töne flogen durch die Luft und irgendwo hob bestimmt gerade ein Raumschiff ab.
Vielleicht flog er im Traum eine Runde mit?
Wer weiß?

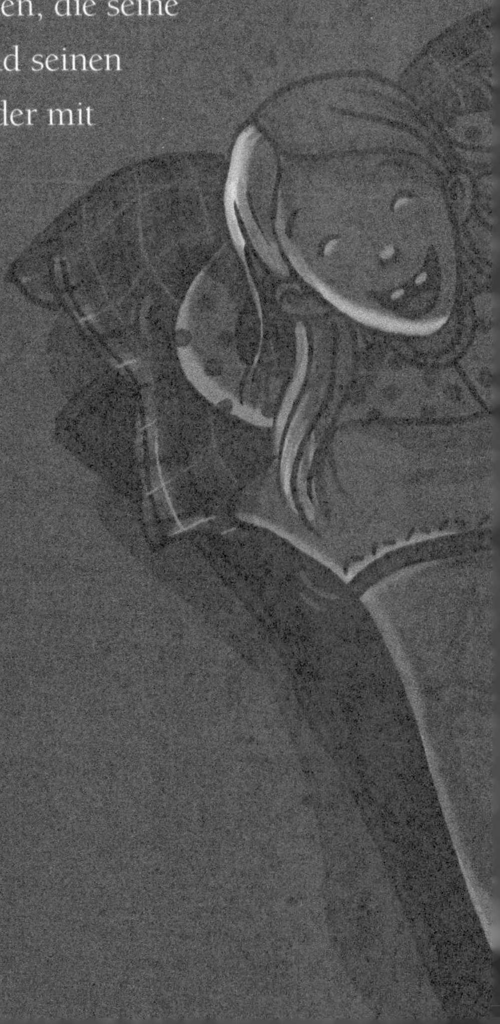

Letztes Kapitel: Zu Hause

Am nächsten Morgen brauchte die Sonne zwei Stunden, um die Zeltplanen zu trocknen.
Benni rollte Schlafsack und Isomatte zusammen und futterte seinen letzten Müsliriegel.
Onkel Johnnie zog die Heringe aus der Erde. Sie waren genauso krumm wie bei der Ankunft.
„Wollen wir sie gerade klopfen?“, schlug Benni vor.
„Ach was!“ Onkel Johnnie winkte ab. „Sie haben diesmal gehalten, es wird auch beim nächsten Mal funktionieren.“

Sie stopften die Zeltplanen in den Sack.
„Schaffst du es, aufs Motorrad zu steigen?“, fragte Benni.
„Aber klar!“, antwortete Onkel Johnnie. „Einen Kerl der Hölle haut so schnell nichts um.“ Er griff sich an die Stirn, die noch immer mit einem dicken Verband umwickelt war. „Aua!“

Zora, Benni und Henrietta drehten eine letzte Runde über den Platz. Überall waren die Menschen am Zusammenpacken. Verabredungen fürs nächste Jahr wurden getroffen, ein letzter Kaffee getrunken.
Auf einmal verstand Benni, wieso Onkel Johnnie so viel Spaß an diesem Rummel hatte. Hier hatten die Erwachsenen viel bessere Laune. Hier trugen sie Hirschgeweihe auf den Köpfen und Blumenkränze um den Hals.
Am Montag saßen sie wieder mürrisch in ihren Büros oder schimpften, weil der Bus zu spät kam.

„Treffen wir uns mal zum Skateboardfahren?", fragte Zora. Sie schrieb Adresse und Telefonnummer auf Bennis Unterarm.
„Na klar!" Benni nahm den Kugelschreiber und machte das Gleiche bei Zora. „Wir können auch deine Großeltern besuchen und ihnen unsere neuen Tricks zeigen."
Das fand Zora super. „Darüber freuen sie sich bestimmt."

Als sie zurück zu ihrem Platz kamen, war das Motorrad bepackt. Onkel Johnnie sah aus wie ein Pirat, der eine Schlacht verloren hatte: Das Auge war über Nacht lila angeschwollen und noch immer klebte Blut an seiner Stirn.
„Morgen beginnt wieder der Ernst des Lebens!" Johnnie machte ein trauriges Gesicht.
„Ach was!" Benni winkte ab. „Ich geh gern in die Schule. Ich freu mich schon darauf, alle meine

Freunde wiederzutreffen. Schoki und Ida, Eddie und Anna-Lena."

„Peperoni und Rabbat, Eugenia und Caspar", fügte Henrietta hinzu. „Und Rick, den alten Stinker!"

Beide kicherten.

„Was ist denn so lustig?", wunderte sich Johnnie.

Onkel Johnnie fuhr tatsächlich vorsichtiger.

An einer Tankstelle kauften sie Limo und belegte Brötchen, beim Zahlen nahm Onkel Johnnie den Helm nicht ab.

„Er kommt von einem anderen Stern", sagte Benni lässig zu der Verkäuferin.

„Ja klar!", lachte die Verkäuferin. „Er gehört zu den Ypsern, nicht wahr?"

Oha! Es gab mehr Fans der Radiosendung, als Benni gedacht hätte.

„Ich stehe auf der Seite der Xenianer", antwortete er locker.

Die Verkäuferin riss die Augen auf. „Diese Stimme kenne ich doch! Die hab ich gestern im Radio gehört: Sag bloß …“

Schnell verdrückten sich Benni und Henrietta nach draußen. Sie hatten keine Lust auf Starrummel!

Aber stolz waren sie trotzdem.

Bäume und Wegweiser flogen an ihnen vorbei, Häuser und Straßenlaternen.

Bald erreichten sie das Ortsschild.

Ein Kerl der Hölle führte die Clique an.

Danach kamen Onkel Johnnie und Tante Tanja mit ihren Beifahrern. Hinter ihnen fuhren drei weitere Maschinen. Die Motorradgang sah aus wie eine Flotte, die den Bundespräsidenten zum Flughafen begleitete.

Benni fühlte sich so erwachsen wie noch nie in seinem Leben.

Am Friedhof trennten sich ihre Wege und plötzlich hatte Benni eine Idee.

„Würde es dir etwas ausmachen, wenn wir noch kurz an der Eisdiele Roma vorbeifahren?“, fragte er.
„Kein Problem!“, antwortete Onkel Johnnie.
Der Motor heulte auf.

Sie erreichten die Fußgängerzone. Onkel Johnnie stellte den Motor aus und rollte die letzten Meter zur Eisdiele.
„Ein alter Trick von mir!“, grinste er. „So kann sich die Polizei nicht beschweren!“
Vor der Eisdiele saßen ein paar Kinder aus Bennis Klasse. Das hatte Benni gehofft!
Einer hatte einen Pinguin auf dem Schoß, ein anderer fütterte sein Krokodil. Auch zwei Mädchen waren da: Eins hatte eine Ratte dabei, das andere Tier war kaum zu sehen. Caspar, das Chamäleon, hatte das gleiche Ringelmuster wie die Bluse seiner Besitzerin.
Benni setzte den Helm ab. Als die Kinder ihn auf dem Motorrad entdeckten, sprangen sie auf.

„Krasse Maschine!“, staunte Silas.

„Coole Lederjacke!“ Jo streckte den Daumen hoch.

„Ich hab dich im Radio gehört!“, rief Anna-Lena. „Du musst mir haarklein erzählen, wie du es geschafft hast, in die Sendung zu kommen!“

„Ich kenne jetzt Kim und Wendy persönlich!“, erzählte Benni stolz. „Beide sind total nett.“

Henrietta drehte sich. „Guckt mal, was ich für ein schönes Tattoo habe!“

„Cool, Baby!“, kreischte Cooper.

Onkel Johnnie spendierte Benni ein großes Eis. Die anderen erzählten, dass sie nachmittags ins Schwimmbad wollten.
„Komm doch mit!“, schlugen sie vor.
Benni sprang auf. „Erst einmal will ich nach Hause. Meine Eltern warten auf mich.“
„Coole Turnschuhe!“, staunte Franka. „Sie stehen dir!“
Onkel Johnnie schob die Maschine zur nächsten Straßenecke, Benni schwang sich auf den Sitz.
Er freute sich, dass seine Klassenkameraden sehen konnten, wie Onkel Johnnie den Motor aufheulen ließ und mit Vollgas davonbrauste.

Bennis Eltern standen schon auf dem Balkon und hielten Ausschau nach ihnen. Als Johnnie und Benni angerollt kamen, winkten sie wie wild.

„Willkommen daheim!“
Seine Mutter trug ihre beste Bluse und auch sein Vater hatte sich extra herausgeputzt für Bennis Heimkehr.
„Hallo, Schnuffel!“, rief Frau Schubert glücklich.
„Kommt rein!“ Herr Schubert hüpfte vor Freude. „Es gibt Tee, heiße Schokolade und Butterkuchen!“
Onkel Johnnie parkte die Maschine. Benni sprang ab und stürmte die wenigen Stufen hoch. Seine Mama öffnete die Tür und drei Standuhren schlugen gleichzeitig.
„Nette Begrüßung“, lachte Benni und warf sich erst seiner Mama, dann seinem Papa in die Arme. „Danke für den Blechfrosch! Ich habe ihn auf den Namen Lurchi getauft. Hast du auch immer fest an mich gedacht?“
„Ununterbrochen!“, versicherte Herr Schubert. „Zieh deine Schuhe aus, die müssen dringend in die Waschmaschine.“ Er schnüffelte. „Und deine Kleidung auch. Oh, die Jacke ist wohl neu?“ Er strich ehrfürchtig über das Leder. „Darf ich mal reinschlüpfen? Übrigens, ich hab deinen Schrank repariert, die Schublade

funktioniert wieder." Henrietta machte einen Luftsprung vor Freude.
Herr Schubert marschierte vor dem Spiegel auf und ab.
„Nicht übel, gar nicht übel!", fand Henrietta. „Aber wenn er weiter den Bauch einzieht, kriegt er gleich keine Luft mehr."

Der Tisch war liebevoll gedeckt. Mit Tischtuch, feinem Porzellan und Stoffservietten. Bennis Papa schenkte ihm Kakao ein, für die Erwachsenen gab es Tee.
„Danke!", rief Benni und nahm sich ein großes Stück Butterkuchen. „Darauf habe ich mich so gefreut! Übrigens, ich hab Zora kennengelernt und kann jetzt supergut Skateboard fahren, fast so gut wie Johnnie und außerdem …" Sollte er gleich alles erzählen? „Die Meganachricht …"
Er machte eine bedeutsame Pause.
„Wissen wir!", riefen seine Eltern. „Überall wurde Werbung geschaltet! Außerdem haben die Radioleute

angerufen, damit wir unsere Erlaubnis geben. Das hat Johnnie eingefädelt." Sie sprangen gleichzeitig auf und drückten Benni noch mal ganz fest. „Benni, du warst großartig! Wir sind so stolz auf dich!"

Plötzlich fiel Bennis Mutter auf, dass Johnnie noch immer seinen Helm trug. Er stand am Fenster und guckte nach draußen, wo ein Nachbar gerade seinen Rasenmäher angeworfen hatte.

„Setz doch mal deinen Helm ab und komm zu uns!", sagte sie.

Johnnie hüstelte verlegen. „Nicht erschrecken!", sagte er und zog den Helm vom Kopf.

Benni war den Anblick schon gewohnt, seine Eltern jedoch schrien entsetzt auf.

„Wie ist denn das passiert?", rief seine Mutter. „Bist du in eine Schlägerei geraten?"

Benni und Henrietta sahen sich verwundert an. Wieso vermuteten eigentlich alle Erwachsenen, dass Johnnie sich geprügelt hatte?

Der antwortete nicht. „Ich hätte dann doch gern ein Stück Kuchen" war alles, was er sagte.

Benni zwinkerte seinem Vater zu. „Es war übrigens super, dass du mir Verbandszeug mitgegeben hast. Wer weiß, was sonst aus Johnnie geworden wäre …?“

Johnnie schlang den Kuchen in sich hinein und verabschiedete sich zügig.

Und weil der Rasenmäher so laut war, hörte man nicht einmal das Motorrad knattern.

Nachdem Benni geduscht hatte und frische Kleider trug, machte er es sich mit seinen Eltern auf dem Sofa gemütlich.

„Ich hab eine Überraschung für dich!“, verkündete Bennis Vater.

Benni stöhnte laut auf. „Nicht schon wieder!“

Herr Schubert schaltete den Fernseher an. Und was erklang? Die Erkennungsmelodie der „Dritten Dimension“!

Benni sprang auf, Henrietta purzelte auf den Boden.

„Autschi!“, rief sie überrascht.

„Ich hab alles abgespeichert“, sagte sein Vater. „Mach’s dir bequem, Schnuffel, es geht los! Erst die Radio- oder die Fernsehversion?“

„Erst den Film“, stammelte Benni.

Es war die beste Sendung aller Zeiten! Er sah sich selbst zum Ufo flitzen, um es mit grünem Rapsöl zu betanken.

Wie cool sah es aus, als ihm das Kraftfeld die Beine wegzog! „Das Ufo kann nicht starten!“, hörte er Wendy rufen. Und er selbst schrie: „Wir sind verloren!“

Benni konnte den Blick nicht vom Fernseher abwenden. Erst schaute er zweimal den Film, dann hörte er die Radioversion, dann wollte er noch einmal den Film angucken. Nicht einmal das Knattern des Rasenmähers störte ihn – er stellte einfach den Ton lauter.

Henrietta wurde es irgendwann zu viel. Sie kletterte aufs Fensterbrett und träumte vor sich hin.

Während Benni auf den Bildschirm starrte, nickte Henrietta ein. Der Tag war ganz schön anstrengend gewesen für die kleine Schildkröte …

Sie rekelte sich – und purzelte genau in dem Moment aus dem Fenster, als der Rasenmäher seine zweite Runde drehte.
„Hilfe!", schrie Henrietta. „SOS!"
Aber Benni hörte sie nicht. Er sah zum dritten Mal die Versöhnungsszene im Weltraumrestaurant!
Bennis Vater schmunzelte. Er freute sich, dass seine Überraschung so gut gelungen war! Doch …
Moment … wo war Bennis Plüschschildkröte? Hatte sie nicht eben noch auf dem Fensterbrett gelegen?
Er trat ans Fenster – und erschrak. Der Rasenmäher war nur noch 30 Zentimeter vom Lieblingsspielzeug seines Sohnes entfernt! Gleich würde es zerfetzt werden!
Herr Schubert hechtete aus dem Fenster, packte die kleine Schildkröte – und rettete sie in letzter Sekunde!
„Was fällt Ihnen ein, einfach so vor den Rasenmäher zu springen?!", schimpfte der Nachbar.
Herr Schubert antwortete nicht. Umständlich kletterte er zurück ins Wohnzimmer und setzte Henrietta auf Bennis Schoß.

Henrietta schniefte. „Benni! Fast wäre ich gestorben! Dein Papa …“ Tränen rannen über ihre Backen.
Erschrocken knipste Benni den Fernseher aus.
Während Henrietta erzählte, welche dramatische Szene sich gerade abgespielt hatte, nahm Herr Schubert Platz und schenkte sich eine Tasse Tee ein.
Silberne Sternchen schwebten durchs Wohnzimmer und auf einmal wusste Benni, was er auf die Postkarte an Miss Cornfield schreiben würde.
„Hast du schon Pläne fürs nächste Wochenende, Benni?“ Herr Schubert rührte in seiner Tasse.
„Trödelmarkt oder Freibad?“
„Freibad“, entschied Benni und drückte Henrietta ganz fest an sich.

Wer ist mein Superheld?
Papa!
Wintersteinschule
Miss Mary Cornfield
straße 9

Das war das fünfte Ferienabenteuer aus der Schule der magischen Tiere.
Ferien mit einer magischen Schildkröte sind einfach genial – oder?
Aber in Miss Cornfields Klasse gibt es noch viel mehr Kinder und magische Tiere:

Helene und der vornehme Kater **Karajan** aus Paris

Jo und der gut aussehende Pinguin **Juri** aus der Antarktis

Schoki und das schokosüchtige Pinselohrschwein **Peperoni** aus dem Senegal

Eddie und die lustige Fledermaus **Eugenia** aus Oberbayern

Anna-Lena und das bunte Chamäleon **Caspar** aus Madagaskar

Finja und das kuschelige Koalamädchen **Sydney** aus Australien

Yannik und der freche Schimpanse **Tingo** aus Tansania

Franka und die coole Ratte **Cooper** aus London

Max und die weise Eule **Muriel** aus Athen

Hatice und die freundliche Robbe **Mette-Maja** aus Dänemark

Ronja und der putzige Streunerhund **Toffi** aus Deutschland

Lothar und das talentierte Känguru **William** aus Australien

Luna und der edle Falke **Salim**

Zack und das stachlige Stachelschwein **Zeki**

Katinka und der witzige Flamingo **Polly**

Anthony und das clevere Meerschweinchen **Madonna**

Henry und der stolze Leopard **Leander** aus Kenia

Silas und das bissige Krokodil **Rick** aus Florida

Ida und der schlaue Fuchs **Rabbat** aus Norwegen

Was die wohl alle so in den Ferien treiben?

Erlebe auch die anderen Abenteuer!

In der Schule der magischen Tiere
ist wirklich immer was los!
Aber was passiert eigentlich, wenn die Türen
der Wintersteinschule geschlossen sind?
Was passiert, wenn es für Miss Cornfields Schüler heißt:
Endlich Ferien!

Ida und Rabbat klären einen Hoteldiebstahl auf,
Silas und Rick kämpfen um den Waldmeisterpokal.
Henry und Leander jagen ein Schlossgespenst,
Helene und Karajan fliegen nach Paris.
Und Hatice und Mette-Maja?
Die fahren ans Meer nach Dänemark.
Dort finden sie eine alte Schatzkarte …

Lies auch das sechste Ferienabenteuer!

Hatice und Mette-Maja

Elisa legte sich aufs Bett und begann zu träumen. Sie stellte sich vor, wie sie in ihrem alten Parka durch den Wald pirschte und Rehe, Hasen und Dachse beobachtete. Wie schön wäre es doch, ein magisches Tier zu haben. Keinen Fisch, da hatte Oliver recht. Vielleicht ein Eichkätzchen? Oder einen Siebenschläfer?
Auch vor einem großen Tier würde sie sich nicht fürchten. Wie wäre es mit einem Hirsch oder einem Elch? Sie würde sich am Geweih festhalten und in die Schule reiten. Beim Gedanken daran musste sie lachen.
Und wurde gleich darauf wehmütig.
Früher, als ihr Vater noch bei ihnen wohnte, hatten sie oft Ausflüge in den Wald gemacht. Jetzt hatte die Familie kaum noch Zeit dazu.
Marvin war sich sowieso zu cool für solche Sachen. Früher war Elisa mit ihrem Bruder auf Bäume geklettert, die eigentlich viel zu hoch für sie waren.

Jetzt fuhr er lieber am Wochenende mit seinen Freunden in die Nachbarstadt, um in einer dunklen Halle irgendwelche Ballerspiele zu spielen. Davon hatte er ihr neulich stolz erzählt.

Elisa schloss die Augen und versank in ihrer eigenen Welt.

Draußen begann es zu regnen, die Tropfen prasselten gemütlich gegen das Fenster. Und auch in Elisas Traum regnete es. Das machte ihr aber nichts aus, im Gegenteil. Sie wanderte durch den Wald, außer ihr war niemand unterwegs. Elisa musste Laub sammeln für die Igel, Haselnüsse für die Mäuse, Kastanien für die Wildschweine. Sie setzte einen Fuß vor den anderen … und nickte irgendwann ein.

Viele Stunden später wachte sie wieder auf. Elisa blickte auf den Wecker: Es war fast Mitternacht.

Sie hatte Durst und beschloss, sich in der Küche ein Glas Wasser zu holen.

Elisa tapste durch den dunklen Flur, stieß die Küchentür auf – und blieb erschrocken stehen. Da war ein Schatten! Etwas raschelte in der Dunkelheit!

Eine schwarze Gestalt nestelte an der Handtasche, die am Küchenstuhl baumelte. Ihre Mutter musste sie nach der Arbeit dort hingehängt haben.

Das war der Dieb! Der Dieb, der gerade Geld aus der Handtasche stahl!

Mit Fragen zur Produktsicherheit wenden Sie sich bitte an:
carlsen.de/kontakt

Umschlag und Innenillustrationen: Nina Dulleck
Umschlaggrafik: Sabine Reddig
Redaktion & Konzeption: Claudia Scharf
Lektorat: Jacqueline Guse
Herstellung und Gestaltung: Constanze Hinz
Lithografie: Margit Dittes Media, Hamburg
Satz: Pinkuin Satz und Datentechnik, Berlin
ISBN 978-3-551-65335-2